熊乃げん骨
illust. 転
追放された転生王子、
『自動製作《オートクラフト》』スキルで
領地を爆速で開拓し
最強の村を作ってしまう
～最強クラフトスキルで始める、楽々領地開拓スローライフ～

「自動製作《オートクラフト》!!」
そう口にした瞬間、木と石が勝手に動き、形を変えていく。
石が組み合わさって基礎となり、
木がいくつもの板に切り出されて組み合わさっていく。
時間にしておよそ数秒。
僕たちの前に綺麗な一軒家が作り出された。
テオドルフ・フォルレアン
フォルニア王国第三王子。
王都を追放され、
『北の大地』の領主となる。

「さすがですテオ様！」
レイラ・オルスティン
テオドルフをサポートする
万能メイド。
テオドルフへの愛情が深い。

「は、はあ!? なに意識してんのよこのスケベ!」
アリス・スカーレット
女神により『勇者』の力を託された少女。テオドルフに想いを寄せているが素直になれない。
ルーナ
1000年以上の時を生きる神狼《フェンリル》。自由奔放な性格だが、どこか神秘的な部分もある。
「愛い奴だな。食べてしまいたいくらいだ」
「テオくん……ありがとう」
アイシャ・マリエッタ
北の大地の西部の村に住む少女。頑張り屋で素直で村人から愛されている。

追放された転生王子、『自動製作《オートクラフト》』スキルで領地を爆速で開拓し最強の村を作ってしまう

～最強クラフトスキルで始める、楽々領地開拓スローライフ～

熊乃げん骨

illust. 転

CONTENTS

[illust] 転
[design] AFTERGLOW

第一章　新しい生活

「テオドルフ殿下にギフトは……与えられませんでした」

女神様に仕える神官からそう伝えられた時、僕は「え……っ⁉」と大きく動揺した。

僕の名前はテオドルフ・フォルレアン。ここフォルニア王国の第三王子だ。

この王国では、王族は十三歳になると女神様から特別な力『ギフト』を与えられる。僕も今日それをいただけるはずだったんだけど……驚くことにそうはならなかった。

まさかの事態に、後ろで見守っていた父上が怒りの形相《ぎょうそう》で神官に詰め寄る。

「どういうことだ、説明しろ！」

「わ、分かりません。このようなことは初めてで……。何度もやってみたのですが、ギフトの授与が拒否されてしまいました」

「ということはテオドルフは女神様に見捨てられた、ということか？」

「……おそらく」

神官は申し訳無さそうにそう答える。

それを聞いた父上は「はあ……」と深い溜《た》め息《いき》を吐《つ》く。そして失望しきった目で僕のことを睨《にら》みつける。

「兄のニルスは『大賢者』のギフトを拝受したというのに、まさか弟のお前はギフト無しの『無能』とはな。女神様に嫌われる王族などありえぬ、恥を知れテオドルフ」

そう吐き捨てるように言った父上は女神像のあるこの部屋から去ろうとする。その失望しきった表情に恐怖を抱いた僕は、父上の背中に声を投げかける。

「ま、待ってください父上！」

「もう話すことはない。貴様の処遇は追って伝える」

そう短く言って父上は去る。

そんな、という小さな声が口から漏れる。いったい僕はこれからどうなってしまうんだろうか。

◇◇◇

「テオドルフ、貴様を『北の大地』の領主に任命する。王都に戻りたくば領地を開拓し、成果を上げて見せろ」

ギフトを授かれなかった次の日、僕は父であり国王でもある、ガウス・ディスガルド・フォルレアンにそう宣告された。

女神様を崇拝するこの国の王子が、女神様に嫌われるなどあってはならないこと。なので王位継承権を剝奪されるくらいはあるだろうと思っていたけど、もっと酷《ひど》い罰を僕は受けてしまった。

領主に任命すると言えば聞こえはいいけど、それは実質王都からの『追放』を意味する。

確かにこの国では王位を継げなかった王子が地方領主になることがある。でも僕みたいな子どもにそれをさせるなんて聞いたことがない。

父上の言うことに今まであまり反発してこなかったけど、さすがにこれを「はいそうですか」と飲み込むわけにはいかない。

「お、お待ちください父上！　北の大地は『死の大地』とも呼ばれている恐ろしい場所です。作物は育たないし、人もほとんど住んでいません。そんなところを僕みたいな子どもが開拓できるわけがありません！」

「これは王命だ、覆ることはない。残念だ……お前には期待していたのだがな」

父上は心底失望した目で僕を見る。

僕に魔法や剣の才能はない。だから他の分野で役に立てるよう色々と勉強してきたつもりだ。

だけどそれも全て無駄になってしまった。

「話は終わりだ。荷物をまとめ、北の大地に向かえ」

「父上っ！」

抗議しようとするけど、兵士に止められ王の間を追い出されてしまう。

そして扉は固く閉ざされ、僕の運命は決してしまう。父上は一度決めたらなにがあってもやり通す人だ。もう僕の力ではどうしようもない。どうなっちゃうんだろうと悲嘆に暮れていると、パタパタと足音が近づいてくる。

「テオ様、大丈夫ですか⁉」

慌てた様子で近づいてきたのは、僕の専属メイドのレイラだった。

長い銀髪と切れ長の目が特徴的な凄《すご》く綺麗《きれい》な女性だ。王族に生まれなかったら接点は持てなかっただろうね。

ちなみにテオとはもちろん僕のことだ。テオドルフだからテオ、親しい人は僕のことをそう呼んでくれる。メイドである自分がそのような呼び方をするのは……と、レイラは最初ためらったけど、壁を作りたくなかったのでそう呼んでくれるよう頼んだんだ。

「安心してレイラ、僕は大丈夫だから」

「ああ、よかったです……。それでいったいなにがあったのですか？」

レイラは僕が父上と話している間、外でずっと待ってくれていた。

僕は王の間でなにを言われたのかを彼女に話した。

「そんな……北の大地になんて……！」

レイラはまるで自分のことのように悲しんでくれた。

優しかった母上も亡くなった今、王都で僕の味方をしてくれるのは彼女くらいだ。

でもそんな彼女とも、もうお別れだね。

「今までありがとうレイラ。北の大地に行ってもレイラのことは忘れないよ」

「え？　なにをおっしゃっているのですか？」

レイラは不思議そうに首を傾《かし》げる。あれ？

「だって一緒には行けないでしょ？　北の大地に行くよう言われたのは僕だけ。レイラはここで働けるんだから」

「なにをおっしゃいますか！　テオ様が行かれるのに私が行かないなんてありえません。たとえ魔界に行かれるとしても私はついていきます！」

レイラは僕の手をガシッとつかんでそう言い放つ。まさかそんなことを言ってくれるなんて思ってもなかった。びっくりだ。

「……本当にいいの？　きっとすっごく大変だと思うけど」

「望むところです。どこまでもお供させていただきます」

「ありがとうレイラ……とっても嬉《うれ》しいよ」

正直心の奥底では一緒に来てくれないかな、と期待していた部分もある。だけどまさかこんなにもまっすぐ応えてくれるなんて。

一人で行くものだと思ってたけど、かなり心が軽くなった。

「これでテオ様と二人きり……ふふふ……」

「レイラ、どうしたの？」

「あ、いえ。なんでもありません」

なんか不穏な気配を感じたけど大丈夫……だよね？

レイラといるとたまに肉食獣の側《そば》にいるような身の危険を感じることがある。いったいどうしてだろう。

そう不思議に思っていると、後ろから足音が聞こえてくる。

「なんだ、まだ出ていってなかったのか」

その声に僕たちは振り返る。

するとそこには意地の悪そうな笑みを浮かべた人物が立っていた。

「ニルス……！」

僕と同じく黒い髪をしたその人物は、三つ年上の兄だ。

昔からなにかと目の敵にされていて、ちょっかいをかけてくる嫌な相手だ。

それにしてもあの口ぶり、まるで僕が追放されることを知っていたみたいだ。

「まさか……」

「くく、気づいたか？　そう、父にお前を追い出すよう進言したのは俺だ！　ははっ、せいせいしたぜ」

ニルスは心底楽しげに語る。

そうか、ニルスのせいだったんだ。いくら厳格な父上でもここまで重い罰を実の息子に負わせるのには違和感があったんだ。

「女神様に嫌われた者を王都に置いておいたらきっと良くないことが起きますよ……って言ったら簡単に俺の提案を飲んでくれたぜ。父上は熱心な女神信者だからな」

得意げに話すニルス。

ニルス自身は女神様を崇拝してはいない。女神様の怒りを買うなんてどうでもよかったはずだ。

ただ僕を追い出すために父上をそそのかしたんだ。

「なんでそんなことを……」

「なんで、だと？　俺は昔からお前が気に入らなかったんだよ！　なんの才能もないくせに周りから可愛《かわい》がられ、のほほんと暮らしているお前がずっと気に入らなかった！　お前が王位継承権を持っているだけで虫唾《むしず》が走る！」

大声でまくしたてるニルス。

好かれていないのは分かっていたけど、まさかここまで嫌われているなんて。

「……だがそれも今日で終わりだ。北の大地は貴様みたいな甘ちゃんが生き残れる環境じゃない。どうせ一週間も持たずに逃げ帰ってくるだろうよ。そしたら父上はお前に完全に愛想を尽かす。この城にはもういられず、田舎《いなか》で寂しい余生を過ごすことになるだろうよ」

ニルスはニヤニヤと笑いながらそう言うと、次にレイラに視線を移す。

「レイラもそんな無能は捨てて俺につけ。今なら俺の専属にしてやってもいいぞ。優れた剣技にその美貌……お前のことは高く買ってるんだ。悪いようにはしない……俺のモノになれ」

「いいえお断りいたします」

レイラはノータイムで返答する。

断ってくれるとは思っていたけど、ここまで秒殺だとニルスが少し不憫《ふびん》だ。

……もしかしたらニルスがこんなことをした理由の一つは、レイラなのかもしれない。僕みたいなのがレイラを独り占めしているのが気に食わなかったんだろう。

「本気で言っているのかレイラ？　そいつに未来はない、王になる俺につけば一生安泰なんだぞ！」

「はい、本気です。私はこの身をテオ様に捧《ささ》げております。たとえどんな苦難が待ち受けていようとテオ様の側を離れるつもりはありません」

レイラが力強くそう言うと、ニルスは僕のことを憎々しげに睨みつけたあと、チッと舌打ちをしてレイラに視線を戻す。

「そんな無能《カス》と心中するなんて物好きな奴《やつ》め。ふん、北の大地に行ったらそんな大口もすぐに叩《たた》けなくなる。その時まで返事は待っておいてやる」

ニルスはそう言うと、再度僕のことを見る。

「『大賢者』の力を使って貴様をここで殺すのは簡単だ。だが……それじゃつまらない。お前にはもっと苦しんでもらわなくちゃな。北の大地は瘴気《しょうき》に汚染され草もロクに生えない死の大地だ。お前がどう苦しみあがいたか……報告を聞くのを楽しみにしてるぞ」

嫌味たっぷりにそう言ったニルスは、踵《きびす》を返して去っていく。

レイラはその背中に「べーっ」と舌を出していた。普段はクールなレイラだけど、意外と茶目っ気がある。

「気にしなくても大丈夫ですよテオ様。愛し合って……じゃなくて信頼し合っている私たちなら乗り越えられます」

「う、うん、そうだね。頼りにしてるよ」

なんか凄い言葉が聞こえた気がしたけど、気のせいということにする。

先のことは不安だけど、ニルスの卑怯《ひきょう》な行動に屈してなんかいられない。僕は「よし」と気合を入れ直して、荷造りをするため自室に向かうのだった。

◇　◇　◇

次の日、荷物をまとめた僕はレイラとともに馬車に乗って王城を後にした。

仲の良かった使用人たちが何人か見送りに来てくれたけど、ニルスはもちろん父上の姿もそこにはなかった。

「………………」

馬車の窓から小さくなっていく王都を見ながら、僕は一人物思いにふける。

……僕は、元々この世界の住人ではない。

元の世界では僕は日本のサラリーマン、その中でも薄給多忙のいわゆる『社畜』だった。

毎日夜遅くまで仕事して、家に寝るためだけに帰るような生活。月の残業時間は三百時間を超えることも多くて、今自分が起きているのか寝ているのかさえあやふやになっていた。

唯一の楽しみは休みの日にできるゲームだけ。そんな地獄の日々を過ごしていた。

そんな無理がたたって僕は死んだ。いわゆる過労死ってやつだ。

死んだ後、僕は女神様に出会って、魔法のあるこの世界に『転生』させてもらったのだ。

そしてその時、女神様は僕にある提案をした。

「この世界で生き抜くため、貴方《あなた》に好きな能力……そちらの世界の言葉で分かりやすく言うと『スキル』を授けます。なにがいいですか？」

悩んだ末、僕が選んだのは物を作る『クラフト能力』だった。知らない世界で暮らしていくんだったら単純な強さより物作りの能力の方が役に立つと思ったからだ。

それに僕は『マイニングクラフト』という物作りゲームが好きだった。同じような力が使えると思うとワクワクした。

女神様は僕の意思を汲《く》み取《と》り『自動製作《オートクラフト》』という力を作り与えてくれた。

この力を使って異世界を生き抜いてやる！　そう思っていたけど……なんと僕は王族に転生してしまった。

この能力が特殊なものであることは僕も理解していた。他の人に見られたらなにを言われるか分からないので、僕は『自動製作《オートクラフト》』の力をほとんど使わずに今まで過ごしていた。

たまに一人でこっそり練習はしていたが、それくらいだ。大きな物も作ってみたかったけどバレてしまうのでできなかった。

でもこれからは違う。

領地を開拓するのにこの力は絶対に役に立つ。この力を駆使して絶対に生き延びてみせる。

「……あ、もしかしてこの力があるから『ギフト』を貰《もら》えなかったのかな」

不意にそう思いつく。

ギフトが一人一つと決まっているなら、貰えなくて当然だ。

僕が転生していて、しかも女神様に会ったことは誰にも言っていないので、僕が気がつかなければ誰も気づくはずがない。

「ギフトを貰えなかった時に『自動製作《オートクラフト》』のことを言えば、もしかしたら王城にとどまれたかもしれないね。まあでももう遅いか……」

今更戻っても話は聞いてもらえないだろう。それにあんなことをされたらもう城にとどまりたいとは思えない。

よし、こうなったらこの力でできる限り頑張ってみよう。

レイラもいるしそこそこやれるはずだ。

僕は心の中でそう決心するのだった。

◇◇◇

王都の北方に位置する都市、フォルノスを経由して更に北に進んだ僕たちは、遂《つい》に目的地の『北の大地』へと足を踏み入れた。

そこは植物もほとんど生えない、不毛の大地。生気がないと言ったらいいのだろうか、なんだか嫌な空気が漂っている。

この土地を開拓するのには骨が折れそうだけど、それよりもまず目の前の大きな問題に僕は愕然《がくぜん》としていた。

「……ここが僕たちの新しい、家？」

目の前にある今にも吹き飛びそうな掘っ建て小屋を見て、僕は呟《つぶや》く。

明らかに築五十年は経《た》っていそうな木造の一軒家。壁も屋根もところどころ剝がれていて、風が中に容赦なく吹きこんでいる。強く押したらバラバラに壊れてしまいそうだ。

「そのようですね。北の大地にほとんど人は住んでいません。このような家でも残っているのが奇跡かと」

「そんなあ……」

一日や二日とかならここでも住めるかもしれないけど、ずっとは無理だ。

でもとてもじゃないけど家を建てるなんて僕にもレイラにも無理だ。二人とも建築作業なんてしたことないんだから。

「安心してください。夜は冷えるかもしれませんが、二人で身を寄せ合えばきっと温かいですよ」

「いや、それで耐えられるレベルじゃないでしょ」

レイラのふざけているのか本気なのか分からない意見を一蹴する。

すると彼女はしゅんと落ち込んでしまう。もしかして本気だったのかな……？

「まずはこの家をどうにかしなきゃだね」

なにをするにしてもちゃんとした住居の確保は最優先だ。

今は明るいからいいけど、夜は魔物が出てもおかしくない。

いくらレイラが凄腕《すごうで》の剣士と言っても、寝ている時は無防備だ。安心して寝られる住居を作らなきゃ。

「えーと、家か……」

頭の中にちゃんとした一軒家を思い浮かべる。

すると『自動製作《オートクラフト》』の能力が発動して、脳内にその家に必要な素材が浮かんでくる。家の基礎となる石と、壁や床、屋根などに使う木が数本。これだけあれば新しい家が作れる。

「レイラ、近くの木を何本か切り倒してもらえる？」

「お任せください」

レイラは腰に差している剣を抜くと、目にも留まらぬ速さでそれを振るい、近くに生えている木を次々と切り倒していく。

理由も聞かず忠実に命令をこなしてくれるのは、信頼してくれているみたいでとても嬉しい。

「うん、それくらいで大丈夫。後は任せて」

切り倒された木と、近くに転がっている石に向けて手を伸ばす。

そして僕は今まで隠していたその能力を発動する。

「自動製作《オートクラフト》!!」

そう口にした瞬間、木と石が勝手に動き、その形を変えていく。

石が組み合わさって基礎となり、木がいくつもの板に切り出されて組み合わさっていく。

時間にしておよそ数秒。僕たちの前に綺麗な一軒家が作り出された。

「ふう……うまくいった」

ここまで大きな物をクラフトするのは、もちろん初めてだ。上手《うま》くいってよかった。

そうほっとしていると、レイラが驚いていることに気がつく。

あ、そういえばこの能力のことを説明していなかった。レイラは僕がギフトを貰えなかったと思っているしちゃんと説明しなきゃね。

「えっと、あの時はギフトを貰えなかったけど、なんかいつの間にか使えるようになってて……」

我ながら苦しすぎる言い訳だ。

だけどレイラは信じてくれたみたいで、

「さすがですテオ様！」

「わっ⁉」

突然抱きついてくる。

僕の顔は彼女の大きな胸の間に簡単に埋《うず》まってしまい、息ができなくなる。

「このような力を授かっていたとは……やはりテオ様は素晴らしいお方です。女神様もそれを分かってくださったんですね」

「もが、い、息が」

必死にもがいて、なんとか脱出する。

ふう、危なかった。三途《さんず》の川《かわ》の向こうで母上が手を振っていた気がしたよ。

「すみませんテオ様、つい感情が抑えきれず……」

「だ、大丈夫。それより中も見てみよっか」

扉を開け、僕たちは家の中に入る。

「わあ、いい感じだね」

中は結構広くて、綺麗だった。

入ってすぐのところにリビングがあって、テーブルが一つと椅子が四つ置いてある。

奥には個室が一つあって、その中には小さな机と椅子、そしてベッドが一つ置いてある。

「後はキッチンとかも必要かな？　他に家具は……あ、二人いるしベッドももう一個作らないと駄目だね。それとももう一軒、家を建てて別々に住んだ方がいいかな？」

「いけません」

僕の提案にレイラが食い気味に答える。

その表情はいつも通りクールだけど、有無を言わせない凄みを感じる。正直怖い。

「私はいつでもテオ様をお守りできる位置にいないといけません。家を分けるなんてもってのほかです。同様の理由で部屋も一緒がいいでしょう。ですのでベッドはこのまま一つがよろしいかと。二人で寝れば温かいですし、なによりテオ様の体温を間近で感じられ……こほん。なにはともあれ私たちが寝室を分けるのは百害あって一利無しという訳です。お分かりいただけたでしょうか」

「わ、分かった分かった！」

高速で理詰めされ、僕はレイラの意見を受け入れる。

前の世界では大人だった僕だけど、もうこの世界で過ごして長いので感性は子どもに戻ってしまっている。女性と一緒に寝るなんて恥ずかしい。

まあ前の世界でも女性経験なんてなかったから、恥ずかしいのに変わりはなかったけど……。

「ふふ、夜が楽しみですねテオ様」

「は、はは……」

僕は一抹の不安を抱えながら、新しい家での生活を始めるのだった。

◇　◇　◇

夜。

僕は自動製作《オートクラフト》で作り出したベッドで寝ていた。

自動で作り出したにもかかわらず、ベッドの寝心地はとてもよかった。

それにしても木と石しか使ってないのに布団まで作られているのは不思議だ。いったいどういう仕組みなんだろう？

女神様の不思議パワーが不足している素材を補ってくれているのかな。

うーん、考えても分からない。

まあでも今はそれより気になることがある。

「レイラ、ちょっと近すぎない？」

「いえ、そんなことはありません。これが適正距離です」

僕の問いにレイラはそう即答する。

彼女は僕と同じベッドに入ってぴったりと寄り添っている。これが近くないと言ったらなにが近いのか分からないくらい近い。

いい匂いがするし布団の中でやわらかい物が体に当たるので、とても落ち着かない。子どもの体だから大丈夫だけど、大人のままだったら理性が消し飛んでいた自信がある。

「すー――、は――。テオ様はお日様の匂いがしますね……」

「え？　匂い嗅いでる？」

「いえ、そのようなことはしていません」

「そっか」

「すー――――――、は――――――」

「やっぱり嗅いでるよね⁉」

思いっきり後頭部に顔を突っ込みながら息を吸い始めたので指摘したけど、レイラは真面目な顔で「いえ、気のせいです」と否定する。

あれだけやってバレないと思っているなら豪胆だ。

「しかしここまでやっても怒られないなら押し倒しても怒られないのでは……？　いや、そんなことをして嫌われでもしたらもう生きていけません……我慢しなくては……まだ……」

ぶつぶつと小さな声でなにかを言うレイラ。

よく聞こえないけど、なんだか寒気がしてきた。

「ふあ、眠くなってきた……」

隣で葛藤するようにもぞもぞしているレイラは気になるけど、もう寝ようかな。明日からも頑張らなくちゃいけないしね。

そう考えながら、僕の意識はゆっくりと落ちていくのだった。

◇◇◇

「むにゃ……ん？」

目を覚ますと、僕は真っ白い空間の中にいた。

どこまでも果てしない白の風景が一面に広がっている。どう考えても寝たところとは違う場所だ。それどころか僕が過ごしていた世界そのものと違う場所のように感じた。

例えるならそう……死後の世界。いわゆる天国という場所に近い。

普通なら慌てる場面だけど、僕は冷静だった。

なぜなら僕がこの場所に来たのは二回目だからだ。

「ぱんぱかぱーん！　久しぶりですね真島《まじま》さん！　あ、今はテオドルフくん、でしたっけ」

元気良くそう話しかけてきたのは、きらきらした金髪のお姉さんだった。

彼女の背中には白い翼が生えていて、頭の上には光る輪っかがついている。天使みたいな見た目、と言ったら分かりやすいかな。

でもその人が天使ではないことを、僕は知っていた。

「お久しぶりです、女神様。転生した時以来ですね」

そう、この人は僕を異世界に転生させてくれた女神様だ。

会うのは地球で死んで転生する前『自動製作《オートクラフト》』を貰って以来だ。あの時も僕はこの真っ白いなにもない空間に来たんだ。

「ふむふむ、すっかりかわいらしい男の子に育ちましたね。私は嬉しいですよ」

女神様はじっくりと僕の体を舐《な》め回《まわ》すように見つめる。

なんだか少し怖い。レイラのテンションがおかしい時に似ている。

「あ、あの！　なんでまたここに呼ばれたんですか？　まさか寝ている時に死んじゃったとか？」

「ああ、それは違います。テオくんは元気です。今も肉体はあの家でぐっすり寝ています」

それを聞いてほっとする。

ついてきてくれたレイラを一人置き去りにするなんてできないからね。

「ではなんで僕をここに？」

「テオくんの身になにが起きたかを、私は見ていました。私のせいであんなことになるなんて思いもしませんでした……ごめんなさい」

女神様はしゅんとした表情で謝る。

そっか、ギフトは女神様が渡すもの。当然僕がギフトを貰おうとして、失敗したことも知っているか。

「じゃあやっぱり僕がギフトを貰えなかったのは……」

「はい。既に『自動製作《オートクラフト》』を持っているからです。人の身にギフトは一つのみ。それがこの世界の

『原則《ルール》』なんです」

なるほど、やっぱりそうだったんだ。

僕の仮説は当たっていたわけだ。

「うう、申し訳ありません。人を助けるのが女神の役目だというのに……まさかこんなことになるなんて……」

「やめてくださいよ。わざとじゃないんですよね？」

「それは、そうですが……」

転生する時、どの家に生まれるかはランダムだと言われた。運悪く魂が入ることなく生まれてしまった赤子の体に、僕の魂は入ったらしい。

まさか僕が王族に転生するなんて女神様も思いもしなかったんだろう。そしてそのせいで僻地《へきち》に追放されるなんて更に思わなかっただろうね。

「大丈夫ですよ。女神様に貰ったこの力で、なんとかしますから」

「テオくん……。あ、そうだ！　いいことを思いつきました！」

女神様は表情を明るくさせると、僕に向かって右手を差し出してくる。

その手の中には白金色に輝く小さな鉱石が載っていた。

「これは神金属《ゴッドメタル》という、それはそれは珍しい金属です。神の力が宿った金属ですので、地上に持ち込むのは禁止されていますが……あげちゃいます！　役に立ててください！」

「え、いいんですかそんなことして」

「はい！　テオくんは私の推しですので特別です！」

なんだか悪い気もするけど、今は猫の手も借りたい状況だ。神様の手を借りられるならありがたく借りた方がいいよね。

少し迷ったけど、僕はその金属を受け取った。

「人の手でその金属を加工することはほぼ不可能ですが、自動製作《オートクラフト》ならなんとかなるはずです。ぜひその力、役に立ててくださいね」

「……分かりました。この力、ありがたく使わせてもらいます」

そう宣言すると、女神様は優しく微笑《ほほえ》む。

少し俗っぽいところもあるけど、こういうところを見ると本当に神様なんだなと思う。

「それでは頑張ってくださいねテオくん。私はここからずっと応援してますから」

女神様はそう言うと、すすすと近づいてきて突然僕の頰にキスをする。

「えっ⁉」

「ふふ、神の祝福です♡　おまけに特別な力もあげちゃいました。そちらも役に立ててくださいね」

女神様がそう言って微笑むと、その姿が少しずつ見えなくなってくる。

すると僕の意識も遠のいていく。どうやらお別れの時間みたいだ。

「女神様……ありがとう、ございました……」

なんとかそう言葉を残し、僕の意識はまた深く沈んでいくのだった。

◇　◇　◇

「はっ⁉」

僕は大きな声を出しながら飛び起きる。

辺りを見回すと、そこは木造の家の中だった。どうやら僕はあの家に戻ってきたみたいだ。

窓からは日光が差し込んでいる。もう朝みたいだ。

「おはようございますテオ様。ちゃんと寝られましたか？」

僕の声が聞こえたのか、レイラが部屋に入ってきて話しかけてくる。

どうやら彼女はご飯の用意をしてくれているみたいで、手にはおたまが握られている。

「あ、うん、大丈夫。おはようレイラ」

「ふふ、それはなによりです。もう少しでご飯ができますので、できたらお呼びしますね」

そう言ってレイラは部屋から出ていく。

それにしても僕は本当に女神様に会ったのかな？　ただの夢だった可能性も十分あるよね。

でも確認する方法がないよね、と考えているとあることに気がつく。

「あれ？」

手に触れる硬くて冷たい感触。僕はなにかを握っていた。

おそるおそるその手を目の前に持ってきて、開く。するとそこには白く輝く金属があった。

「神金属《ゴッドメタル》……‼」

女神様がくれた、神の金属がそこにあった。

あの出来事は夢じゃなかったんだ。僕は自然と笑みをこぼす。

「よし、これで凄いものを作るぞ！」

そう決心し、僕はベッドから飛び降りるのだった。

◇◇◇

「いただきます」

ベッドから起きた僕は、リビングにあるテーブルで朝食を食べ始める。

具だくさんのスープに、パンにサラダ。パンは持ってきた物だけど、他はレイラが作ってくれたものだ。とても美味《おい》しい。

「すみません、お城での食事に比べたら質素ですよね」

「そんなことないよ！　こんな設備のないところでこんなに美味しいご飯を作れるのはレイラくらいだよ！」

僕の作った家にまだキッチンはない。なのでレイラは外に石で焚《た》き火《び》台を作ってそこで料理してくれていた。食材もお城から持ってきたものでやりくりしてくれている。

文句なんか言えるはずもない。

「でも食糧問題はまず解決しないと、だよね。ここらへんじゃ果物も採れないだろうし」

僕たちがいる場所は北の大地の南端部分。

一番荒れてる中央部とは違い、ここはまだ木が少し生えている。だけどどれもやせ細っていて果実はついていない。このままじゃすぐに餓《う》え死《じ》にしてしまうだろう。

「となるとやはりまずは『畑』でしょうか」

「そうだね。食料が安定したら、領民を増やすこともできるしね」

家と食料さえあれば、しばらくは困らないはずだ。

まずはそれを解決するため、畑から頑張るとしよう。

◇　◇　◇

食事を終えた僕らは、家の裏手に行った。

もちろん畑を作るためだ。そのための土地ならいくらでもある。だけど、

「とても畑に適しているとは思えませんね……」

レイラは土を手に取り、サラサラと下に落とす。

この土地の土は、土というより『砂』だった。栄養があるようには見えない。これじゃあ野菜は作れなそうだ。

でもひとまずできることをやってみよう。

「自動製作《オートクラフト》、鍬《くわ》！」

近くにあった棒と石を使って、畑を耕す『鍬《くわ》』を作製する。

それを振りかぶり、土を掘り起こす。慣れない作業で手が痛むけど、何度か繰り返す。だけど、

「はあ、はあ、なにも変わらない……」

土は相変わらずサラサラとしたままだった。

表面だけじゃなくて、土の中まで栄養がないみたいだ。これじゃいくら耕しても意味がない。

「この『北の大地』はかつて『天災』に襲われ、その影響で土壌が瘴気で汚染されているといいます。王国は何度も開拓を試みたようですが、どれも上手くいかなかったと聞きます」

『瘴気』は生き物の体を蝕《むしば》む負のエネルギー……と、聞いたことがある。

それがこの土に染み込んでしまっているんだ。このまま耕して種をまいたところで、芽が出ることはないだろうね。

「うーん。どうしようか……」

土を手に取り、悩む。

すると突然土の上にポン！　と画面のようなものが浮き上がる。

・土（瘴気汚染）　品質：最低
瘴気に汚染された土。

神の祝福でのみ汚染を除去できる。

「え？　なにこれ？」

思わずそう声が出る。

空中に浮いているそれは、まるで投影映像《ホログラム》みたいだ。手を伸ばしてみたけど触れることはできなかった。

「どうされましたか？」

レイラはそう言って首を傾げる。

反応から察するに彼女には画面《これ》が見えていないようだ。

「僕だけに見える画面か……もしかして」

さっき女神様と会った時、最後に特殊な力……『神の祝福』をくれたと言っていた。

多分これがそうなんだろう。物の情報を知ることができる力、名付けるなら『鑑定』かな？

「これは凄い力だね、女神様には感謝しないと」

情報がなによりの力になることを、僕はよく知っている。

ゲームでもなにも知らないでやるのと、Wikiを見ながらやるのでは進むスピードが段違いだ。

僕は実質異世界Wikiを手に入れたようなものだ。

ありがとう女神様。僕は心の中でお礼を言う。

「えーと、浄化するには神の祝福が必要、かあ。女神様が力を貸してくれればいいけど……あ」

あることを思い出し、ポケットから光り輝く金属を取り出す。

僕がじっと見つめると、それの情報が表示される。

・神金属《ゴッドメタル》　ランク：ＥＸ　品質：神

神が作り出した特別な金属。

この金属を用いて作られた武具には、神の祝福が宿る。

「こ、これだ！」

予想した通り、神金属《ゴッドメタル》には神の祝福を宿す効果があった。

これを使えば大地の瘴気も浄化できるはず。きっと女神様はこれを見越して神金属《ゴッドメタル》をくれたんだね。

こんな貴重な物を農具にしてしまうことには抵抗があるけど、今は武器よりも食料だ。

僕は神金属《ゴッドメタル》と棒を使ってクラフトをする。

「自動製作《オートクラフト》！」

神金属《ゴッドメタル》と棒が合体し、物凄い光が放たれる。

その光が止《や》むと、そこには白く輝く刃の鍬があった。

なんだろう、凄く神聖な雰囲気がある。とても農具には見えない。

大きな教会に飾られていても全然違和感がなさそうだ。

「テオ様、それは……？」

「まあ見ててよ」

不思議そうにしているレイラにそう言って、僕は再び鍬を振る。

鍬は瘴気が溜《た》め込《こ》まれた大地に突き刺さると……パッと白い光を放つ。

「うわ⁉」

光はすぐに収まり、そこにはなにも変わっていない地面があった。

あれ？　上手くいかなかった？

心配になりながら鍬を下ろした所の土をつかんで鑑定する。

・土　品質：神
神の祝福が宿った土。

この上に住む者は女神の加護を受け、育てられる作物は至上のものとなる。


「やった！　うまくいった！」

「きゃ⁉　テオ様⁉」

思わずレイラに抱きつくと、彼女は可愛らしい悲鳴を上げる。

見れば顔が赤くなっている。どうしたんだろう、驚かせちゃったかな？　こんな顔をする彼女が見られるのは珍しい。

でもこれで畑を作る目処《めど》が立ったね。

この調子でどんどん土地を耕して、北の大地を開拓するぞ！

◇　◇　◇

遥《はる》か上空に浮かぶ無数の雲。

それを更に越えた所に存在するという、神々の住まう土地『神界《しんかい》』。

どこまでも白の景色が続くそこで、一人の美しい女性が水晶を見ながらおおはしゃぎしていた。

「凄いテオくん！　まさかそんな使い方をするなんて！」

テオドルフに『自動製作《オートクラフト》』の力を与えた女神は、テオドルフの活躍を神界から見守っていた。

今までは断腸の思いで見ずにいたが、一度接してしまったらもう関係ないとばかりにテオドルフの活動を見守っていた。

「……騒がしいな。なにをしているんだい、ウェスタ？」

そんな女神に近づく、一人の女性の姿があった。

中性的な印象を受ける彼女もまた、女神と同じく見目麗しかった。人の多い王都でもこれほど美しい女性を見かけることはないだろう。

ちなみにウェスタというのはテオドルフに力を授けた女神の名だ。

その名前は遥か昔は地上でも広く知られていたが、今はその名を知る者はほとんどいない。

「あ、聞いてよアテネ！　テオくんったら凄いのよ！」

「テオくん？　……ああ、君が連れてきた異世界人か。あまり干渉するのは良くないんじゃないか？」

アテネと呼ばれた女性は苦言を呈する。

彼女もまた、ウェスタと同じく女神であった。

おっとりしているウェスタと、しっかり者のアテネ。性格は正反対の神だが、二人の仲はとても良かった。

「テオくんは推しだからいいの！」

「推し、ねえ。また異世界から変な言葉を学んで」

「それより見てよアテネ！　テオくんったら私があげた神金属《ゴッドメタル》で鍬を作ったのよ！　それで瘴気の大地を浄化してるの！」

「神の武具を作り出せる神金属《ゴッドメタル》で農具を作るなんて……驚きだ。異世界人の発想は実に独創的《ユニーク》だね」

「でしょでしょ！　やっぱり私の目に狂いはなかったわ！」

得意げに胸を張る女神ウェスタ。

ばるんと大きく揺れる胸を見て、アテネは一瞬だけ羨ましそうな表情を浮かべる。

「そういえばなんで彼を選んだんだい？　前の世界では普通の人間だったそうじゃないか」

「私があっちの世界に時々行っているのは知ってるでしょ？　その時は猫の姿をしていたんだけど、うっかり車に轢《ひ》かれそうになっちゃって……でも彼が助けてくれたの！　あの時はかっこよかったわ！　それに小さい頃の姿を覗《のぞ》いたら可愛かったし、これはぜひお礼をしなきゃと思ったの！」

「ずいぶん私情が挟まっていそうだね……」

呆《あき》れた顔をするアテネ。

そんな彼女にウェスタは唇を尖《とが》らせて抗議する。

「なによ、アテネだって『勇者』には可愛い女の子ばっかり選んでいるじゃない」

「それはたまたまだよ。勇者の力に適合する子がたまたまみんな可愛いだけだ」

「本当かしら……？」

じー、と怪しげに視線を送るウェスタから、アテネは目をそらす。

「とにかく、この子の今後の動きからは目が離せないね。この子は私の可愛い勇者とも縁があるみたいだしね」

「え？　そうなの？　いったいどういう関係なの？」

「ち、近い！　離れてくれ！」

テオドルフの事となると見境がなくなるウェスタは、アテネに詰め寄るが、押し返されてしまう。アテネは戦を司《つかさど》る女神で、ウェスタより力が強かった。

「あの子を観察していればその内分かることさ。ま、楽しみにしているといい」

「むー、アテネのケチ。いいもん、ずっと見てるから」

ぷい、とそっぽを向いたウェスタは、再び水晶に視線を移す。

「頑張ってねテオくん。応援していくから」

遥か空の果てで、女神はそう応援《エール》を送るのだった。

◇　◇　◇

「ぜえ、ぜえ……もう、無理ぃ……」

そう言い残して僕はパタリと倒れる。

畑を耕し始めて五分。情けないことに僕の体力は底をついていた。

「大丈夫ですかテオ様⁉」

荷物の整理をしていたレイラが駆け寄ってきて、水を飲ませてくれる。

彼女に抱き抱えられながらそれを飲んだ僕は、なんとか立ち上がれるまで回復する。

「やはり私がやった方が……」

「いや、レイラは荷物の整理をしててよ。食材の管理とかは僕にはよく分からないし、手分けしなきゃ」

「しかし……」

レイラは困ったように眉を下げる。

まあ五分で音《ね》を上げる僕に任せられるはずがない。

うーん、それにしても困った。まさかこんなに体力がないなんて。まあ今までお城から出る機会もなかったし、力作業もほとんどしてなかったから当然か。

体力をつける方法を考えなきゃ駄目だね。

「でも畑を作るのが先だよね。どうすればいいんだろう」

レイラは普通の男の人よりもずっと筋力も体力もあるけれど、力作業を全て任せるわけにはいかない。今は労働力が必要だ。

言うことを聞いてくれていくらでも力作業ができる、そんな夢のような存在がいればいいんだけど。

「……あ。そうだ、なければ作ればいいんだ」

『自動製作《オートクラフト》』は人が作れるものであれば、なんでも作ることができる。たとえその原理や機構を知らなくても、だ。

だったら作業を手伝ってくれるロボットみたいなのも作れるはずだ。

「確かこの世界にはゴーレムが存在していたはず。それを作ってみよう！」

ゴーレムは主人の命令を忠実にこなす人形だ。

土や岩でできていて、その力は人間よりずっと強いと本で見たことがある。

だけどゴーレムは普通、錬金術師しか作ることができない。作るにはかなりの技術が必要で、めったに見ることができない代物なんだ。

だけど僕なら素材さえあれば作れるはず。

「えーと、ゴーレムは、と」

自動製作《オートクラフト》には大きく分けて二種類のモードがある。

一つは目の前にあるものを自動で組み立てるモード。こっちは自由が利いて、ある程度完成形も自分の思うように変えられる。

そしてもう一つはレシピモードだ。こっちは完成形を予想すると、勝手に必要な素材が浮かんでくる。

ゴーレムがなにでできているか詳しくないので、今回はこっちのレシピモードを使ってゴーレムを作ることにする。

「えーっと、大量の土に、少しの岩。それとこれは魔石、かな?」

「魔石ですか。それは難儀しそうですね」

レイラが難しそうな表情をしながらそう口にする。

「魔石って魔力が込められた石のことだよね?」

「はい。一般的にはモンスターの体内から取れる物ですが、ゴーレムを動かすとなるとそこそこ大きめの物が必要になると思います。私なら討伐できると思いますが、その間テオ様をお一人にしてしまいます」

「そっか……」

運がいいのか悪いのか、家を建ててからモンスターにはまだ襲われていない。

北の大地の中央部、瘴気が濃い場所にはモンスターもたくさん出るらしいけど、端っこのここにはそれほどいないみたいだ。

いくら自動製作《オートクラフト》があるといっても、戦闘経験のない僕がモンスターと戦えるわけがない。レイラと離ればなれになるのは避けた方がいいはずだ。

「どうしよう………あ」

しばらく考えた僕は、あることを思い出す。

持ってきた荷物の中をあさり、その中からある物を取り出す。

「あった！」

取り出したそれは胸につけるブローチだった。

真ん中には大きくて綺麗な石がはめ込まれている。

「もしかしてそれは王妃殿下の……？」

「うん、母上のブローチだよ。亡くなる間際に貰ったんだ」

母上はとても優しい人だった。

亡くなるその時まで僕や王国のことを心配していた。

家族はみんな母上のことが好きで、あの父上ですら母上が亡くなった時は取り乱した。

「これを貰った時に聞いたんだ。このブローチにはめ込まれている石は『魔石』だって。魔石は色んな利用方法があるから、困った時はこれを使ってと言われたんだ」

「そのようなことが……」

魔石は武器の強化、魔道具の作製、エネルギー源、そして換金など様々なことに使える。

母上のくれたこの魔石はかなり高品質の物らしい。きっと売ったらしばらく楽に暮らせるくらいのお金になるだろう。

でも母上の形見とも言えるこれを手放すなんてあり得ない。

「もしかしてそれをゴーレムの素材に使われるのですか？」

「……うん。魔石はゴーレムの核になる。これを使えば強力なゴーレムができると思うんだ」

母上の形見を素材にしてしまうことには抵抗もある。

だけどゴーレムの核にしても、後で取り出すことができる。今の窮地を乗り越えるためだと知ったら、きっと母上も許してくれるはずだ。

「母上、力をお借りします」

ブローチを握りながら祈った僕は、近くにある岩と土を対象に力を発動する。

「自動製作《オートクラフト》、ゴーレム！」

力が発動すると共に、ブローチが輝き出し宙に浮く。

そしてブローチを中心として土と岩が集まってきて、人の形をなしていく。

現れたのは全長二メートルはある大きなゴーレム。素材のほとんどは土なので茶色い体をしている。

ずんぐりむっくりな体型をしていて、肩幅が広くて腕は太い。かなり頑丈で強そうだ。

「…………」

最後に目が出現し、そのゴーレムは辺りをキョロキョロと見回す。

そして僕に視線を合わせたゴーレムはのしのしとこちらに歩いてくると、目の前で止まる。

レイラが警戒し腰の剣に手をかける中、ゴーレムはゆっくり僕の前に跪《ひざまず》く。

「……ゴ」

低い声で、ゴーレムはそう言った。

言葉の意味は分からないけど、忠誠を誓ってくれているように感じる。

「えっと、この鍬《くわ》で地面を耕してほしいんだけど……いいかな？」

「ゴー！」

ゴーレムは任せろと言わんばかりに力強く声を出すと、鍬を受け取る。

そして物凄い速さでザクザクと地面を耕し始める。そのスピードは僕の十倍以上はあるだろう。

「す、凄い！　その調子でお願い！」

「ゴーッ!!」

ゴーレムは疲れを知らないのか高速で鍬を振り続ける。

あっという間に周囲の土は浄化されていく。

「テオ様、これなら……」

「うん。希望が見えてきたね」

僕とレイラは顔を合わせて笑いあう。

これで食糧問題解決に大きく近づいたぞ！

◇　◇　◇

ゴーレムの力は凄《すさ》まじくて、家の周囲の土地は一日もかからず耕されて浄化された。

それだけの大仕事をしたというのに、ゴーレムは疲れた様子一つ見せない。きっと使った魔石が高級品だから性能がいいんだと思う。母上には感謝してもしきれない。

「ありがとうねゴーム。助かったよ」

「ゴーッ！」

お礼を言うとゴームは嬉しそうに声を上げる。

ゴームというのはこのゴーレムの名前だ。試しに名前をつけてみたら喜んでくれたので、そのまま この呼び方をしている。

ゴーレムには感情のようなものがないと聞いたことがあるけど、ゴームは人間みたいな感情を持っているように感じる。

「後は種をまいて水をあげれば終わりですが……どうしましょうか」

ゴームが耕し終わったのを見て、他の作業をしていたレイラがこちらに来る。

植物の種はお城から持ってきているのでそれを使えばいい。

水も飲用として持ってきてはいるけど、畑に使ってしまうとすぐになくなってしまう量だ。

「家の近くに川はあるけど、まだ瘴気を含んでいるから使わない方がいいよね」

せっかくいい土ができたのに台無しになってしまう。

他に水を得る手段として考えられるのは、雨と井戸かな？　雨はいつ降るか分からないし、そもそもここに降る雨は汚染されている可能性があるから却下だ。

だとすると井戸しか選択肢がないけど、水が出る深さまで掘るのは中々大変そうだ。しかも掘るだけじゃなくて石で穴の中を補強しなくちゃいけない。

ゴームの力があるとしてもすぐには終わらない。これは中々大変な作業になりそうだ。

「……ん？」

井戸のことを考えていると、頭の中にそのイメージが浮かぶ。

そしてそれを作る素材も頭の中に浮かぶ。も、もしかして。

「井戸も自動製作《オートクラフト》で作れるの⁉」

まさか井戸まで作れるとは思ってなかった。なんてめちゃくちゃな能力なんだろう。

僕はゴームに頼んで大きな岩を砕いてもらう。そうしてできた大量の石を使い、家の近くに井戸を作製する。

「自動製作《オートクラフト》、井戸！」

力を発動すると、またたく間に穴が掘られ、穴の中が石で補強されていく。そしてものの数秒で見事な井戸が完成してしまう。ここまで来るとドン引きだ。

「うわ、本当にできちゃった」

「なんと凄まじい……！　さすがテオ様、素晴らしいお力です」

「ゴー！」

喜ぶレイラとゴーム。僕も嬉しい。

さて、井戸がちゃんと使えるのか調べたいけど、もう一つだけ気になることがある。

「えっと、井戸の隣に積み上げられている土と岩は、井戸を掘ったところにあったものかな？」

「そのようですね。かなり深い所の物も混ざっているみたいです」

穴はかなり深くまで掘られているので、積まれている土や岩も多い。

その山の中から、鈍く光る鉱石のような物がいくつか見つかった。

「レイラ、これがなにか分かる？」

「……すみません。鉱石には明るくないので分かりません」

レイラは申し訳無さそうな顔をする。

「くっ、メイドとして情けない。かくなる上は身体《からだ》で贖《あがな》うしかありませんね……どうぞ罰をお与えになってください、さあ！」

「い、いいから！　服を脱がないで！」

なぜか半裸になって罰を受けようとするレイラを落ち着かせる。

他の人と接している時は冷静沈着《クール》なのに、なぜか僕といる時は暴走しがちだ。まあそんなところも面白くて好きなんだけど。

「せめて種類が分かればいいんだけど……あ」

その時自分に宿った能力を思い出す。

僕には異世界Wikiこと『鑑定』があるじゃないか。あまりにも便利な能力すぎて忘れていた。

これを使えばこの鉱石がなにかも分かるはずだ。

「よし、鑑定！」

・鉄鉱石　品質：良
ごく普通の鉄鉱石。

精錬すると鉄になる（自動製作《オートクラフト》で用いる場合、精錬の必要はない）。


「おお、鉄だ！」

鉄の登場にテンションがあがる。

鉄といえば使い道がたくさんある金属。前の世界でやっていたゲームでもいたるところで必要になった。武器に農具などなんにでも使える。

早い内から手に入れることができたのはラッキーだ。

「ていうか自動製作《オートクラフト》だと精錬の必要がないんだ。凄い……」

ゲームだと鉄鉱石は精錬しないと使えなかった。

自動製作《オートクラフト》はゲームよりも性能がいいということになる。そもそも家も一発で作れちゃうし、女神様の能力はやりすぎ《チート》だね。

「鉄鉱石が取れたのはいいけど、まずはなにを作ろうかな」

「あ、それでしたらあれに使われてはどうでしょうか？」

レイラはそう言って井戸を指差す。

「今は桶《おけ》で水を汲《く》まなくてはいけませんが、鉄があれば水を汲む『ポンプ』を作れるのではないでしょうか」

「それだ！　ありがとうレイラ！」

そう言って彼女に抱きつくと、レイラはぶっ！　と鼻から血を噴き出す。

「だ、大丈夫⁉」

「ええ……問題ありません。鼻血《これ》は歓喜の涙ですので」

「そ、そうなんだ」

まだまだ異世界には理解できない文化がある。

ひとまずレイラは置いておいて、鉄鉱石でポンプをクラフトしてみる。

自動製作《オートクラフト》は無事に発動し、井戸に手押し式のポンプが設置される。

それをえいしょえいしょと手で押してみると、勢い良く水が噴き出す。

「わ！　出た！」

木でクラフトした桶で、水を集める。

目で見る限り綺麗な水だ。汚染されているようには見えない。

「いちおう鑑定、と」

・水　品質：良
良く冷えた地下水。

飲用可能。


「やった！　これで水問題もひとまずは大丈夫そうだね」

水を口に含んで、飲み干す。

うん、良く冷えてて美味しい。

「お見事です。さすがテオ様」

「ゴーッ!!」

なにかに成功するたびレイラとゴームは大げさに褒めてくれる。

少し恥ずかしいけど、褒められるのはやっぱり嬉しい。社畜だった時はどんなに頑張っても褒められなかったしね。

水を手に入れた僕たちは、さっそく手分けして畑に種をまき、水をやる。

すぐに芽が出ることはないけど、神に祝福された土だからきっといい野菜ができるはずだ。気が早いけど今から収穫が楽しみだ。

◇　◇　◇

「ど、どうなってんのこれ……」

畑を作った日の翌日。

起きてすぐに畑を見に行った僕は、とんでもないものを目にした。

そこにあったのは、大きく育った野菜の数々。

じゃがいもにキャベツ、トマトとナス、スイカにイチゴと、全ての作物が育って大きな実をつけていた。

これらの作物は旬がそれぞれ違うけど、祝福された大地なら実をつけるんじゃないかと試しに種をまいてみた。もしかしたら一日で芽が出るんじゃないかと期待していたけど……まさか一日で『収穫』できるようになるなんて。

隣にいるレイラも驚いて口をぽかんと開けている。

「ひとまず鑑定してみようかな」

食べられるとは思うけど、一応鑑定してみる。

表示された画面にはこう書かれていた。

・トマト　品質：至高
神の祝福が施されたトマト。

特別な効果はないが、とても美味しく栄養たっぷり。


品質の欄に載っていたのは『至高』の二文字。そんなのを見たら期待が高まってしまう。毒もなさそうだし、食べても大丈夫そうだ。

「よし、いただきます」

軽く拭いて、トマトをかじる。

すると、

「……っ‼」

口の中で美味しさが爆発した。強烈な旨味《うまみ》と甘味。これは鮮度の爆弾だ。

まるで今まで食べていた野菜は腐っていたんじゃないかという程、強烈に美味しい。これを食べたら普通の野菜はもう食べられない。

野菜なのにお肉を食べたような満足感がある。

「美味しい、こんなの食べたことないよ！　レイラもこれ食べてみて！」

「は、はい。いただきます」

少しためらいながらも、レイラはトマトを口にする。

すると彼女も目を見開いて驚く。

「美味しい……このような野菜、食べたことがありません」

「でしょ？」

得意げに胸を張る。

別に僕が凄いわけじゃないんだけど、なんだか誇らしい気分だ。

「ね、ね。生でこれだけ美味しいなら料理したらもっと美味しいよね？」

「そうですね、お任せください。テオ様が満足する料理を作ってご覧にいれます」

　レイラは気合十分といった感じで笑みを浮かべる。

　剣の腕が立つレイラだけど、料理の腕も優れている。お城にいた料理人も顔負けのレベルだ。どんな物を作ってくれるか楽しみだ。

「じゃあ収穫しよっか」

「はい。お手伝いいたします」

　僕たちは今日食べる分を収穫する。

　冷蔵庫があればもっと採り溜めることもできるけど、こっちの世界にそんな便利なものはない。あればいいんだけど……と、考えていると頭の中に冷蔵庫を作るのに必要な素材が浮かぶ。

「うそ。冷蔵庫も作れるの？」

　自動製作《オートクラフト》恐るべし。もしかしたら車とか飛行機も作れるとか言い出しかねない。怖いので今のところは試さないけど。

　ちなみに冷蔵庫だけど、まだ必要な素材が足りなかった。もし必要な素材が溜まったら作ってもいいかもね。

◇　◇　◇

　無事収穫を終えた僕たちは、家の側に作られたスペースに移動していた。

　そこには焚き火台が置かれていて、料理はここで作っている。

こんな簡素な調理スペースでも、レイラは抜群に美味しい料理を作ってくれる。だけどいつまでもこんなところで作ってもらうのも申し訳ない。

まだ素材不足でキッチンは作れないけど、石だけで作れる便利な物を見つけた。

「自動製作《オートクラフト》、かまど！」

集めておいた石を対象に能力を発動する。

すると石がまたたく間に切り出され、積み上がり、立派なかまどができあがる。

普通に鉄板で焼くこともできるし、備え付けの扉を閉じれば窯《かま》になってパンやピザを焼くことができる優れものだ。これがあれば料理の幅が広がるはずだ。

「こんな立派なかまどを一瞬で……！　ありがとうございますテオ様！」

「うわっ⁉」

レイラは僕のことを思い切り抱きしめる。

物凄い早さで距離を詰めてくるのでいまだに避けられない。……ていうか城にいた時より明らかにスキンシップの量が増えているね？

人の目がなくなったことでブレーキが壊れてしまったのかもしれない。なんとか腕から抜け出すことには成功したけど、油断ならない。

「お城から持ってきた小麦粉がありますし、パンを焼きましょうか。採れた野菜を挟めばとても美味しいと思いますよ」

「いいね！　楽しみだなあ」

焼きたてのパンと採れたての野菜、美味しくないはずがない。

かまどの火起こしをレイラに任せて、僕は小麦粉を取りに倉庫に向かう。家の隣に建てられたこの木造の倉庫も自動製作《オートクラフト》で作ったものだ。

「よいしょ、と」

小麦粉が入った袋を持ち上げる。

どんなパンができるかなと想像していると、頭の中にパンの映像が浮かぶ。

「え」

まさかと思い、小麦粉を少し手に取り自動製作《オートクラフト》を発動する。

すると手の中にふっくらとしたパンが出現する。そのパンは温かくて焼きたてって感じだ。

試しに食べてみると普通に美味しい。

「そういえばゲームでも小麦だけでパンを作れたっけ……」

だからってこの世界でもパンが作れるとは思わなかった。

かなり便利な力だけど……今は使わなくていいか。かまどで作るのも面白いし、レイラがやる気なのに仕事を奪ってしまっては可哀想《かわいそう》だ。それにレイラが作ったパンの方が美味しいだろうしね。

「テオ様、見つかりましたか？」

「うん！　今行く！」

遠くから聞こえる声にそう返事をして、僕は倉庫を後にするのだった。

◇　◇　◇

「はー、お腹《なか》いっぱい」

すっかり満たされたお腹をなでながら、僕は一息つく。

自動製作《オートクラフト》によって作られたかまどは、しっかり働いてくれた。それで焼かれたパンはとてもふっくらしていて、お城で食べていた物よりもずっと美味しく感じた。

そのパンに畑で採れた野菜を挟んで、レイラが作ったサンドイッチなんかは更に絶品で、ほっぺたが落ちるかと思った。

最高の食材と最高の腕が合わさり最強だった。今まで食べた料理でも五本の指に入るのは間違いないね。

「もうすぐコーヒーができますので、少々お待ちくださいね」

「うんー」

テーブルでぶらぶらと足を揺らしながら、レイラのコーヒーを待つ。

今使っているコーヒー豆は、お城から持ってきたものだけど、畑で栽培してみるのもいいかもしれない。神の祝福が宿った土地で作ったコーヒーなんて美味しいに決まっている。

「いいできだったら他の領地に売るのもいいかもね。お金はいつか絶対に必要になるだろうし。まあその前にまずは領民が増えないといけないけど……」

領民はゴームを入れても二人。こんなんじゃ村とも呼べない。

神の鍬のおかげで食糧問題も解決できたので、次は領民を探さないとね。

「……でも領民ってどうやって増やせばいいんだろう？」

普通だったらその土地に住む人が自動的に領民になる。

だけどここは死の大地、誰も住んでいない土地だ。となると他の土地に住んでいる人たちを招き入れるしかないいんだけど、わざわざ死の大地に移り住みたいと思う人はいないだろう。

ここに来てくれれば、瘴気をどうにかできると分かってもらえると思うんだけど……そもそもここに来てもらうのが難しい。

うーん、どうすればいいいんだろう。

僕は頭を悩ませる。すると、

「ゴー……」

今まで座っていたゴームが突然立ち上がり、警戒したように一点を見つめる。

いったいどうしたんだろうと思っていると、レイラもゴームが見てる方を向き、剣に手をかける。

「……テオ様、お下がりください。誰か来ます」

「へ？」

二人の見ている方を見ると、確かにレイラの言う通り遠くからなにかがやってくる。

あれは……馬車？　一台の馬車がこっちに向かってきている。

こんなところになんの用だろう。僕はゴームの足元に隠れながら事態を見守る。

「こんにちは。少しお時間よろしいでしょうか？」

馬車が家の近くに停《と》まり、一人の男の人が御者台から降りてくる。

細長い目をした、金髪の男性だ。薄い笑みをたたえていて、なんか本心が読めない感じの人だ。

その人の耳は頭の上からぴょこんと上に立っていた。お尻からはもふっとした尻尾が出ているし、どうやら獣人みたいだ。

耳と尻尾の形を見るに犬？　いや、狐《きつね》の獣人かな？

レイラは警戒心を保ったまま、その人に返事をする。

「あなたは誰ですか？　なぜこのような辺境の地に？」

「おっと、警戒させてしまい申し訳ございません。私はベスティア商会のローランと申します。警戒するに値しない、しがない商人ですよ」

ローランと名乗った商人はそう弁明する。

確かに馬車は一般的な行商人が使うような物に見える。武装しているようにも見えないし、危険なようには思えない。

だけどレイラは剣をつかむ手を離さなかった。

「商人がこの地になんの用でしょうか。ここには取引するような相手はいないはずです」

「はい、その通りです。だから気になったのですよ。このような地に赴いたあなた方が、ね」

「……！」

レイラの剣を握る手に力が入る。

するとローランさんは慌てたように手を上げて戦意がないことを表明する。

「ちょ、ちょっと待ってください！　敵意は本当にないのです！　私はあなた方に純粋に興味を持ったので接触《コンタクト》に来たんです。このような不毛な大地に一台の馬車が向かったと聞いて、様子を見に来ただけなんです」

商人の情報網は凄いと聞いたことがある。

僕たちは特に人目を避けて移動したわけじゃないからバレてても不思議じゃない。だとすればローランさんの言っていることに不審なところはない。

ローランさんはちらとゴーレムと畑に目をやり、話を続ける。

「仲間はそれほど興味を持たなかったので、私だけが来ましたが……どうやら私の勘は当たったようです。死の大地で畑を作ってしまうとは驚きです。それにこれほど大きなゴーレムも見たことがない。実に興味をそそられる……ぜひお話を伺いたい」

ローランさんは細長い目を少しだけ開く。

獲物を見るような鋭い目だ。こっちを値踏みしているんだろうね、油断ならない人だ。

レイラはそんな彼を警戒しているのか、冷たい態度で突き放す。

「話すことはありません、お帰りください」

「これは悪い話ではないはずです。我々ベスティア商会は多種多様な商品はもちろん、資材、食品、そして情報を取り扱っております。必ずやお役に立てると自負しております」

ローランさんはそう食い下がるけど、レイラは受け入れようとはしない。

彼女は僕を危険に巻き込まないようにしてくれているんだ。

その気持ちは嬉しい。だけど……この機会《チャンス》を逃すのは、もったいないと感じた。

確かにリスクはあるけど、商会と繋《つな》がれるのは大きい。商会は相手が自分の利益になる限り敵にはならないはず、上手く共生できたら領地開拓の心強い味方になるはずだ。

一回深呼吸して、前に踏み出す。

大丈夫だ、社会人経験は少しだけある。きっと上手くやれるはずだ。

「レイラありがとう、下がっていいよ」

「……はい。かしこまりました」

レイラは一瞬だけためらったけど、僕の真剣な表情を見て察してくれたのか下がってくれる。

前に出る僕を見て、ローランさんの目に好奇の色が浮かぶ。

「初めまして、私はベスティア商会のローラン・アロペクスと申します。この度は突然の訪問となり誠に申し訳ございません」

ローランさんは深く頭を下げて挨拶してくる。

まだ名乗っていないのに、ずいぶん丁寧だ。さっきのレイラとのやり取りで、少なくとも僕が貴族以上の身分であると察したのかもしれない。

「お名前をお伺いしてもよろしいでしょうか？」

こういうのは最初が肝心だ。

頭の中で何度も言う言葉を考え、それを口にする。

「僕の名前はテオドルフ・フォルレアンです。フォルニア王国の第三王子で……今はここ、北の大地の領主を任されています」

自分が王子であることを明かすと、ローランさんは驚いたのか目を少し開く。

身分を偽ることは簡単だ。適当にどこかの地方貴族だと言ってもすぐにバレる可能性は低いと思う。

だけど今は大丈夫でも、嘘《うそ》はいつかバレてしまう。この先も関係を維持していくなら下手に嘘をつくべきじゃないと思った。

相手に心を開いてもらうには、こちらも誠意を見せなくちゃいけない。僕は社畜時代を思い出しながら交渉に臨む。

「……これは失礼しました、テオドルフ殿下。非礼な振る舞い、お許しください」

ローランさんはそう言うと、その場にひざまずく。

まさかすぐに信じてもらえるとは思わなかったので、僕は少し驚く。

でもお城にいた時はあまり外の人と話す機会がなかったので、そこまでかしこまられると困惑してしまう。僕は慌てて「大丈夫です。顔を上げてください」とお願いする。

「僕は王子ですが、今は王都を追放された身です。王族としての扱いはしないで大丈夫です。一人の地方領主と接するくらいの態度で構いません」

「……なるほど、かしこまりました。ではテオドルフ様とお呼びしてもよろしいですか？」

「はい。それでお願いいたします」

レイラは嫌がるかもしれないけど、僕はなるべく領民とも近い距離感で接したい。

それにこの人とあまり立場が離れてしまうと、公平な交渉はできない。

王族の立場を使って上から目線で接したらすぐに連絡がつかなくなると思う。かと言って下手《したて》に出すぎると不利な条件を飲まされる。

上からでも下からでもなく、なるべく公平な立ち位置で交渉して Win-Win の関係を目指すんだ。

「ローランさん、私はこの『北の大地』の領主を国王である父より任されました。しかし知っての通りこの土地を開拓するのは困難です。今のところはなんとかなってはいますが、それもいつまで続くか分かりません。ですのでぜひベスティア商会とは懇意にさせていただきたいです」

「なるほど。そういうことでしたか」

ローランさんは僕の目をじっと見ながら、話を真剣に聞いていた。

きっと僕のことを見定めているんだろう。

商人は『利益』をなにより重んじる。相手が偉ければ礼を尽くしてくれるけど、偉いからといってなんでも言うことを聞いてくれるわけじゃない。

利益が生まれないなら、あっという間に切り捨てられて連絡が取れなくなるだろう。だからこの人に「ここことは付き合う価値がある」と思わせなくちゃいけない。

要するにプレゼンだ。それなら社畜時代に何度もやったことがある。まさかあの地獄の時間が活《い》きる時が来るなんて。

よし、やるぞ。まず僕はテーブルの上に置かれていたトマトを一つ取ってローランさんに差し出す。

「これを食べてみてくれませんか？　この土地で採れたものです」

「かしこまりました。いただきます」

ローランさんは嫌な顔ひとつせずそれを受け取ると、かじる。

すると驚いたように体をびくっと震わせて、トマトを凝視する。

「……驚きました。色々な国を回りましたが、これほど美味しい野菜は初めて食べました」

よし、まずは好印象だ。

美味しい食べ物の需要は高い。味にうるさい貴族はこぞってこれを欲しがるだろう。安定して供給できると分かったら、商人が黙っていられるはずがない。

「まだ畑は小さいですが、今後はどんどん農地を増やして野菜や果物をたくさん作る予定です。人手も少ないですが、領民を増やす予定ですし、手伝ってくれるゴーレムもいます」

ちらとゴームの方を見ると、今がアピールチャンスだと思ったのかマッスルポーズを取る。いったいどこであんなポーズを覚えたんだろう。

「なるほど、それはとても魅力的なお話です。ところで気になっていたのですが、あのゴーレムはいったいどちらで手に入れたのでしょうか？」

「あ、あれは僕が作りました」

「…………えっ？」

ローランさんは驚いたように声をあげる。

まあ確かに簡単に信じられる話じゃないか。嘘だと思われても嫌なので、近くにあった木の棒をつかんで実演する。

「自動製作《オートクラフト》、剣！」

木の棒の形が見る見るうちに変わり、剣の形になる。

木でできているので斬ることはできないけど、その姿は精巧だ。それをローランさんに渡すと興味深そうに眺め始める。

「クラフト系のギフト……なんと珍しい。それにこの精度、継ぎ目一つなくとても美しい。まさに神業《かみわざ》と言ったところでしょうか」

ローランさんはその剣を眺めると、聞こえないくらいの小さな声でなにやらぶつぶつと呟き始める。

「しかしあれほどのゴーレムを一人で作ってしまうとは……それが本当なら王都にも匹敵する戦力を有していることになりますね。しかもその戦力を食糧生産にも転用できるとなると、生産力も小国を上回ることになる。早めに様子を見に来て正解でした……なんとしてでも友好関係を結ばなくては……」

「どうかされましたか？」

「あ、いえ。こちらの話です。申し訳ありません」

気になって話しかけると、ローランさんはひとり言をやめる。

「ありがとうございます、テオドルフ様。よい物を見せていただきました。それではお仕事のお話をいたしましょうか」

「はい、よろしくお願いします」

その後僕たちは細かい話をすり合わせた。

向こうに有利すぎる条件を出してこないか警戒していたけど、ローランさんはそのような提案はしてこなかった。あくまでWin-Win、お互いが気持ち良く取引できる内容だ。

少し話しただけだけど、この人は頭が回って話しやすい。社畜時代に会えていたらいい取引相手になっていたと思う。

「……では今回はお野菜を数点いただき、こちらからは作物の種と布を数点。不足分は王国通貨をお支払いするという形でよろしいでしょうか？」

「はい、それでお願いします」

無事商談が完了して、僕たちは握手をする。

余った野菜を売って、新しい種と布、更にお金を手にすることができた。これは大きいぞ。

お城を出る時、お金はほとんど貰えなかったけど、これで他の領地で買い物をすることができる。欲しい物はほとんど自動製作《オートクラフト》で作れるとはいえ、買うという選択肢が増えたのは大きい。

「これで全部、ですかね。それでは今回のところはこれで失礼いたします。テオドルフ様」

収穫して渡した作物を馬車に詰め込んだローランさんは、御者台に乗る。

これから彼は商会に戻り、渡した野菜や果物の価値を見定め、そしてそれを基準にまたここを訪れて商売をしてくれる。

「いい取引ができました。またよろしくお願いいたします」

「はい。また」

また会うことを約束して、ローランさんは去っていく……かと思ったら、振り返って話しかけてくる。

「……そういえば北の大地の南西の森『ラルド大森林』に避難民が村を作っていると聞きました。なんでも他の領地で起きた戦から逃げてきたようです。領民をお探しであれば、一考の価値があると思います」

「本当ですか⁉　ありがとうございます！」

「いえ、いい商売ができました、ほんのお礼です。それでは」

そう言ってローランさんは今度こそ去っていった。

……ふう、緊張した。久しぶりの商談だったけど、まあまあ上手くやれたかな？

前世で仕事している時によく見かけた、無理難題をふっかけてくる商談相手と比べたら五千倍まともな人で助かった。

「テオ様、お見事でした。きっとあのローランという商人も、テオ様の手腕に舌を巻いていることでしょう」

「え、そうかな？」

「はい。最初こそテオ様が若く超絶プリティなので舐めているように見えましたが、別れる時はそのような気配が消え失《き》せて《う》おりました。あの商人もテオ様の偉大さを知り得た様子、きっとよき商売をしてくれるでしょう」

「はは……そうだといいけどね」

今回はうまくいったけど、僕に利用価値がないと分かればすぐ手を切られてしまうと思う。

そうならない為《ため》にも、急いで領民を集めて発展させないとね。

◇　◇　◇

北の大地に続く道を南下する、一台の馬車があった。

荷台が一つ繋がれたその馬車の御者台に乗り、馬を操るのは狐の獣人、ローラン・アロペクス。

獣人を中心に構成された『ベスティア商会』に所属する彼は、二十二という若さながら商会の多くの事業を任されている才気溢《あふ》れる人物であった。

第三王子テオドルフと別れ、しばらく道を進んだ彼は、一人つぶやく。

「ギフトを得られなかった『無才の王子』が北の大地に追放されたと聞き、興味本位で様子を見に来ましたが……まさかこれほど面白いことになっているとは思いませんでした。来て正解でしたね」

彼の大きなひとり言に返事をするものはいない。

あまり舗装されていない悪路を頑張って駆ける馬の足音だけが虚《むな》しく響く。

するとローランは後ろを振り返り、荷台に向かって話しかける。

「もう話しても大丈夫ですよクラストさん」

「……別に人目を気にしていたわけじゃない」

荷物にかけられていた布が一枚落ち、その下から浅黒い肌をした男が現れる。

短く揃《そろ》えられた黒髪と鋭い目が特徴的な男の体は鍛え抜かれており、その皮膚にはいくつもの斬られた傷痕が見て取れる。腰に下げているショートソードは手入れが行き届いており、歴戦の戦士であることが窺《うかが》える。

クラストと呼ばれた男は名の通った戦士であり、現在はベスティア商会で用心棒をしていた。

「すみませんね、荷台に隠れてもらって」

「これが仕事だ、構わない」

クラストはぶっきらぼうに返事をする。

暇を持て余したくないローランは、沈黙が場を支配する前に言葉を続ける。

「でもクラストさんは気配を消すのがお上手ですね。まったく気づかれていませんでしたよ」

「そんなことはない。あの場にいたメイドは俺の存在に気づいていた」

「え？　そうなんですか？」

「ああ。あのメイドはずっと俺に殺気を向けて牽制《けんせい》してきていた。さすがに肝が冷えた」

クラストはあまり感情を表に出さない。

そんな彼がそこまで言うとは、よほど恐ろしかったのだろうとローランは思った。

「気になって少しだけメイドの姿を見たが……驚いた。あいつは『天剣のレイラ』だ」

クレストの言葉にローランは「え⁉」と驚く。

「天剣のレイラって、二年でSランクの冒険者にまで上り詰めた、あの有名な冒険者ですか？」

「ああ。一度冒険者ギルドで見たことがあるから間違いない。冒険者を辞めてなにをしているのかと思っていたが、まさかメイドになっているとはな。見つからないわけだ」

彼女はその美貌と卓越した剣技で多くの人から羨望視されていた、有名な冒険者であった。

しかしある日を境に姿を消し、誰もその消息を知らなかった。今日、この日までは。

「まさかそんな有名人と出会えるとは思いませんでした。ちなみにクレストさんなら勝てますか？」

「いくら金を積まれてもごめんだ。こんなところで死にたくはないからな」

「……ほう、それほどですか」

クレストは百戦錬磨の戦士である。

傭兵《ようへい》、冒険者など様々な経歴を経て、今は商会の用心棒をやっている。

そんな彼が絶対に戦闘を避けたいと思うほどレイラの実力はとび抜けていた。

「それより王子殿の方はどうだったんだ？　使えそうか？」

「……使えるなんて話じゃありませんよ」

ローランはテオドルフとのやり取りを思い返す。

「あの人と話している時、私はまるで大人の商人と話している気持ちになりました。王族はおろか、貴族と話している時さえそう思ったことはありません。あの幼さ、王族の教育環境でどうやってあの視点を、話術を身につけたのか……末恐ろしいですよ」

手綱を握るローランの手に、汗がにじむ。

しかし彼がそう感じるのも当然であった。テオドルフの前世は会社員である、心こそ少年に戻ってもその時の経験はまだ彼の中に残っている。

だが当然ローランはそのようなことなど、知る由《よし》もない。

「私は何度かこちらに有利な条件を提示しようとしました。しかしそれらは全て先回りして潰されてしまいました。そして両者が得をする条件へ続く道を舗装され、その上を歩かされた……ふふ、完敗ですよ」

「そうだったのか。普通に話しているようにしか見えなかったけどな」

「ふふ、商人でないあなたにはそう見えるでしょうね」

いいように誘導されたローランだったが、不思議と嫌な気持ちにはなっていなかった。

それどころか自分と同じ視座を持った者と出会えて嬉しいとすら感じていた。

「……もしかしたらあの王子はわざと追放されたのかもしれませんね。腐敗しつつある王国に嫌気が差し、あそこから抜けるためにギフトを得られなかったと嘘をついて、王都から逃げ出した。そう考えると辻褄《つじつま》が合います」

「なるほど、それはあり得るかもしれないな。だとするならば王子殿は今の王よりもずっと優秀ということだ。早めに知り合うことができたのは僥倖《ぎょうこう》だったな」

「ええ。切り捨てられないようにこちらも誠意を持って付き合わなければいけませんね」

テオドルフの知らないところでどんどん株が上がってしまう。

自分たちが勘違いをしていると気づくことなく、ローランは商会へ帰還するのだった。

◇◇◇

ローランさんが来た日の夜。

僕はあるものを作るために色々と動いていた。

「これならいけるかな？　素材はこれとこれを使って……」

それは元日本人である僕からしたら絶対に欲しいものであった。一日の疲れを癒やすためにも早めに作った方がいい。

場所、素材、そして広さなどをやりくりして、僕は遂にそれをクラフトできるようになる。

「よし！　自動製作《オートクラフト》、温泉！」

目の前の土地がピカッと光ると、数秒後そこに露天風呂が出現する。

素材がそれほどないせいで広くはないけど、高級旅館にあっても不思議ではない立派な造りをしている。三、四人くらいなら平気で入れそうだ。

ちなみにちゃんと源泉が湧く位置に作ったから、ただのお湯ではなくちゃんと温泉だ。日本の温泉をイメージして作ったのでシャワーと洗い場まである。ここだけ見たら小さな日本だ。

「後は木の柵で周りを囲って、と。よし！　これで立派な温泉のできあがりだ！」

王城にもお風呂はあったのでよく入っていた。だけどこっちに引っ越してからは水で濡《ぬ》らした布で体を拭くくらいしかできていなかった。

こっちの世界ではそれで満足する人がほとんどらしいけど、僕はやっぱり温かいお湯に入りたい。だから試行錯誤して温泉を作ろうとしていたんだ。上手くいってよかった。

「これは立派ですね。疲れも取れそうです」

温泉のできに満足してるとレイラがそう話しかけてくる。

「レイラも遠慮せず使ってね。バブルリーフで作った石鹸《せっけん》もあるから」

バブルリーフはその名の通り、こすると泡が出る植物だ。それを素材として石鹸をクラフトしたんだ。素材のままよりずっと使いやすく、泡もきめ細やかになった。これも売り物になるかもね。

「よし、それじゃあ早速入ろうかな」

善は急げ。僕は一旦レイラに出ていってもらい、服を脱ぐ。

そして体を洗おうとすると、

「お手伝いしますね」

「うん、おねが……ええっ⁉」

気づくといつの間にかレイラが背後に立っていた。

しかも彼女も服を脱いでいて、長い髪をまとめて手には石鹸を持っている。早業とかいうレベルじゃない、ワープでもできるの？

「ど、どどうしてここに」

「主人のお手伝いをするのがメイドの務めです。お城ではメイド長に禁止されていましたが、ここでは関係ありません」

「いや、禁止されてるとかじゃなくて、一人で大丈夫だよ。レイラは後で入ってもらえる？」

そう提案するけど、レイラは頑として首を縦に振らない。

「なりません。一人では洗い残しも出てしまうでしょう。メイドとしてそのようなこと、許せません。たとえテオ様の命令であろうと……これだけは譲れませんッ」

くわっと目を見開いて力説するレイラ。

なんか僕の体がガン見されてる気がするけど……気のせいだよね？

「うう、恥ずかしいけど……分かったよ。それでレイラが納得するなら」

「ありがとうございます。それでは失礼いたします」

レイラは超高速で石鹸に手をこすりつけて、大量の泡を生み出すと僕の体を洗い始める。

彼女の細くやわらかい手で洗われるのは、とても気持ちがよかった。

自分で洗うのとはぜんぜん違う。でもこのまま手でやられるのは色々まずい気がする。僕はクラフトしておいたある物があることを思い出して、それを渡す。

「れ、レイラ。スポンジがあるからこれをつか……」

「手が滑りました」

「えっ⁉」

僕の作ったスポンジが握りつぶされ、木っ端微塵《こ ぱ み じん》になる。

結構丈夫に作ったはずなのに……なんて握力だ。どう手を滑らしたらこうなるんだろう。

「それではお洗いしますね。ごしごし」

レイラは洗うのを再開する。

それ自体はもう抵抗するのを諦めたんだけど、なにやら背中にやわらかいものが当たるのを感じる。

「あの、背中になにか当たってるんだけど……」

「はい。当てておりますので」

「いや普通に洗ってくれればいいから！」

「……分かりました」

しゅん、と少し落ち込んだような声を出したレイラは、今度は真面目に洗い始める。まったく、どこまで本気なんだか分からない。僕をからかってそんなに楽しいのかな？

結局その後、僕はレイラにすみずみまで綺麗にされた。ああ恥ずかしかった……。

「はい、綺麗になりました。それでは温泉に入りましょうか」

ようやく解放された僕は、よたよたと歩き温泉につかる。

うん、ちょうどいい湯加減だ。肩までつかると全身がぽうっと温かくなる。

「ああ……気持ちいい……」

外はひんやり、中はぽかぽか。そして空にはたくさんの星が輝いている。

前世ではとてもこんな贅沢《ぜいたく》はできなかった。こっちの世界も大変だけど、来てよかったと胸を張って言える。

「頼りないかもしれないけど……僕、頑張るから。よろしくねレイラ」

「はい、どこまでもお供させていただきます」

僕たちは温泉につかりながら、絆《きずな》を深めるのだった。

第二章　領民を増やそう！

僕が北の大地にやって来てから、早いものでもう一週間の時が経《た》った。

最初は慣れない生活に苦労していたけど、レイラとゴーム、そして自動製作《オートクラフト》の力もあって、なんとか慣れることができた。

畑も順調に広がっているし、食料も今のところ困っていない。

だけどまだ領民は一人も見つかっていなかった。僕たちだけじゃ村を作る労力が足りない。領民を探すのは最優先事項だった。

「テオ様、明日南西の森に行こうと思っています」

夕飯を食べていると、レイラがそう切り出してくる。

突然のことに僕は「え!?」と驚く。

「あのローランという商人が言っていました。『南西の森に避難している人がいる』と。しかし南西の森にはモンスターがいると思われます。村人だけで生きるには過酷な環境でしょう」

南西に広がる大きな森も、北の大地の領土内。当然その森も瘴気《しょうき》に侵されている。

モンスターが生息して危険なのはもちろん、土地が瘴気に侵されているので食べるものも少ないだろう。

人が住むには過酷な環境だ。確かに放っておいたら全員命を落としてしまうかもしれない。

「そうかもしれないけど、一人だと危険じゃない？」

「お気遣いいただきありがとうございます。しかし問題ありません。森にいるモンスター程度であれば敵にもなりません」

レイラは凄腕《すごうで》の剣士だ。詳しくは知らないけど、昔はかなり名の通った冒険者だった。確かに彼女なら大抵のモンスターは相手にならないかもしれないけど、心配なものは心配だ。

「危険と判断したらすぐに撤退します。ですので許可をください」

「……分かった。そこまで言うなら。でも危なかったらすぐに戻ってね」

「かしこまりました。約束します」

無茶しがちなところもあるレイラだけど、約束したら守ってくれるだろう。

心配だけど、彼女を信じて送り出すことにする。

「土地を浄化したおかげもあり、ここにモンスターは滅多にやってきませんが、注意はしてください。なにかあればゴームを頼ってくださいね」

「ゴーッ！」

レイラの言葉に反応して、家の外にいるゴームが雄叫《おたけ》びを上げる。

まだ出会って時間が経ってないけど、レイラはゴームのことを信頼しているように見える。阿吽《あうん》の呼吸で作業をしているのをよく見かける。

「本当はテオ様との蜜月の時間を一秒でも減らしてしまうのは嫌ですが……背に腹は代えられません。モンスターを倒せば『魔石』も手に入りますし、ちょうどよいかと」

魔石はモンスターから取れる特殊な石だ。

魔力が込められていて、様々な物の動力として使われている。魔石があれば元の世界にあった家電に似たものを作れるし、ゴーレムも増やせる。

魔石そのものを作れるかも試してみたけど、作るには未知の素材が必要だった。だからモンスターを倒すしかないんだ。

「うん、気をつけてね」

「はい。お任せください。夜までには帰ってきますので」

そう約束をして、僕たちは一日を終えるのだった。

◇◇◇

「それでは行ってまいります」

「うん、気をつけてね」

次の日。

朝早くにレイラは家を発《た》った。

目指すはもちろん南西に広がる森。

僕は遠目にしか見てないけど、鬱蒼《うっそう》としてかなり広そうだった。レイラは凄腕の剣士だ。

心配だけどきっと大丈夫だろう。

「僕たちだけだね、ゴーム」

「ゴウッ」

外のベンチに座って足をぶらぶらさせる。

レイラがいないせいでいつもより静かだ。少し寂しいけど、たまにはこういうのもいいかもしれない。

「よいしょ、と。ゆっくりするのもいいけど、畑の手入れを済ませちゃおっか」

ベンチから降りて、畑の方に向かう。

この一週間で分かったことがいくつかある。

神の鍬《くわ》で浄化した大地には神の祝福が宿る。そこに種や苗を植えるとすぐに大きく成長するけど、二回目は一回目ほど早くは成長しない。

だから一回耕して終わりじゃなくて、こまめに土の状態をチェックしなくちゃいけない。肥料も考えた方が良さそうだ。

とはいっても二回目でも普通の土地より明らかに早く成長するんだけどね。神の祝福おそるべしだ。

「これとこれは収穫して、こっちに水をあげて、と」

鑑定の力のおかげで作物と土の状態は一瞬で分かる。

僕もレイラも農業に詳しくないのでこの力には非常に助けられている。今度女神様に会えたらお礼を言わないと。

そしてあわよくば神金属《ゴッドメタル》を追加で貰《もら》いたい。あれを貰ったら次はなにに使おうかな……と、考えていると突然ゴームが「ゴッ⁉」と反応する。

「ん？　どうしたの？」

「ゴ……ッ」

ゴームは拳を構えて、ある方向を凝視する。

いったいどうしたんだろうと思っていると、ゆっくりと大きな影が姿を現した。

「な……⁉」

現れたのは白い毛をした、体長が五メートルくらいの巨大な狼《おおかみ》だった。

眼光は鋭くどこか気品を感じる、そんな狼だ。

僕はモンスターに詳しくないけど、その狼は普通のモンスターとは大きく違うように感じた。あえて言うなら……そう、女神様に少し近い感じだ。

どこか神聖な雰囲気がある。

その狼は僕のことをじっと見つめると、口を開く。

『……この地に人の子が来るとは珍しい。よく瘴気に侵されたこの地に作物を実らせたものだ』

「しゃ、しゃべった⁉」

なんとその狼は人の言葉を話した。

優しい声色だ。女性のように感じる。

「あなたは……？」

『我が名はルーナ。誇り高き神狼《フェンリル》だ。今日はそなたに頼みがあってやってきた』

フェンリルと言ったら僕でも知っている有名な生き物だ。

この世界でも珍しくて、人が目にした記録はほとんど残っていないはず。そんな伝説の生き物がいったい僕になんの用だろう。緊張する。

フェンリルのルーナさんは視線を作物の方に移すと、その『頼み』を口にする。

『ここに実っている素晴らしき作物……これを少し分けてもらえぬだろうか？』

伝説のフェンリルは、まるで餌を目にした大型犬のように、口からよだれを垂らしながらそう言った。

「え⁉　作物を、ですか？」

まさかの申し出に僕は驚く。

そんなことを頼まれるなんて思ってもいなかった。

もしかしたらなにか試されているのかもしれない。そう一瞬思ったけど、ルーナと名乗ったフェンリルの口からぼたぼたとこぼれ落ちるよだれを見て、その考えを改める。

これは本気《マジ》のやつだ。

「ど、どうぞどうぞ。まだまだ余っていますのでたくさん食べてください」

食べ頃のやつをいくつか採って、ルーナさんの前に差し出す。

するとルーナさんはその大きな口で、差し出した全ての野菜をパクッと一口で食べてしまう。

『がつ、もぐもぐ……ごくっ』

数度咀嚼《そしゃく》し、飲み込む。

口に合ったかドキドキしながら見守ると、ルーナさんはカッと目を見開く。

『う』

「う？」

『うんまあああああいっっ‼』

「わっ！」

突然の大声に驚いて、僕は尻もちをついてしまう。

ゴームもびっくりして再び拳を構えている。

『なんと豊潤な香りと味であろうかっ！　食べれば食べるほど食欲が湧《わ》く！　力がみなぎっていくぞぉ！』

ルーナさんはがつがつと実った野菜を食べていく。

よほどお腹《なか》が空《す》いていたのか、かなりの量をぺろりとたいらげてしまった。

『ああ……実に美味であった。ありがとう、礼を言うぞ。久々に満たされた気持ちになった』

「いえ、まだまだ食料はありますので気にしないでください」

困った時はお互い様だ。

食料に余裕があるのは本当なので、全然気にしていない。ルーナさんがこの北の大地に住んでいるなら領民みたいなものだし、助けるのは当然だ。

『こんなに美味《うま》いものを食べたのは千年ぶりだ』

「せ、千年ですか」

ということは少なくともルーナさんは千歳を超えていることになる。

フェンリルは長生きするイメージがあったけど、そんなに長く生きられるんだ。

『千年前はまだこの土地も瘴気に侵されていなかった。自然豊かで生命に溢《あふ》れていたのだ』

「そうだったんですか」

『ああ、しかしこの地で大きな戦《いくさ》があり……そのせいで瘴気に蝕《むしば》まれてしまった。それ以来ろくなものを食べられていないのだ』

「そうだったんですね……」

ここで大きな戦があったなんて、初めて聞いた。『天災』のせいで瘴気が残ったというふんわりとした情報しか、今は残ってないからね。

千年前はまだ王国もできていなかったから、戦いがあったという歴史は失われてしまったんだろうね。これはかなり貴重なお話だ。

「でもそんなに昔からこの地が瘴気に蝕まれていたなら、他の土地に行った方が良かったんじゃないですか？」

『ああ、その通りだ。だが故郷というのはただそれだけで尊いものだ。そう簡単に捨てられるものではない』

確かにルーナさんの言う通りかもしれない。

あまり前の世界にいい思い出のない僕でも、昔の生活を懐かしんで悲しくなる時はある。いくら伝説の存在でも、その気持ちに変わりはないんだろう。

『少年、名は？』

「そういえばまだ名乗っていませんでしたね。僕はテオドルフ・フォルレアンと申します」

『テオドルフ、此度《こたび》のこと感謝するぞ。生憎《あいにく》今は手持ちがこれくらいしかないが、必ずやまた礼に来る』

ルーナさんは自分のもふもふの毛の中をゴソゴソと漁《あさ》ると、白く光る金属をくわえて僕に渡してくる。

小さいのにずっしりとした重みのある金属だ。神金属《ゴッドメタル》に似ているけど、少し違う感じがする。

「これは……？」

『それは希少金属「オリハルコン」だ。昔拾ったものだが、我には無用の長物、お主に譲ろう』

「え⁉　オリハルコン⁉」

オリハルコンはとてつもなく貴重な金属だ。これで作られた武具やアクセサリーは国宝級の代物だ。滅多に見つからず、市場にも出回らない。

貰った物は手のひらサイズの大きさだけど、これでも王国金貨数百枚……下手したらもっと価値があるだろう。

ちなみに鑑定結果はこんな感じだ。

・オリハルコン　ランク：SS

高い魔力を帯びた、伝説の金属。

刀剣に鍛え上げると凄《すさ》まじい切れ味を発揮する。


「こんな貴重な物を貰ってしまって大丈夫なんですか？」

『構わぬ。我が持っているより、お主が持っていた方が役に立つだろう』

「……分かりました。必ず役立てて見せます」

そう言うとルーナさんは嬉《うれ》しそうに頷《うなず》く。

『そうだな……それと最後にもうひとつ、いい、いいものをやろう』

「へ？」

なんだろうと思っていると、突然ルーナさんの体が光りだす。

そしてその光が収まると、ルーナさんがいたところに美しい白い髪をした女性が現れた。頭の上には長くてもふもふの耳が、お尻からは白い立派な尻尾が生えている。彼女は白いワンピースを着てるけど、サイズが緩めなので腋《わき》とかがちらちら見えて目のやり場に困る。

「え。もしかして……」

「長い時を過ごしたフェンリルは人の姿になることができる。そしてこの状態なら……お主に神狼《フェンリル》の加護を授けることができる」

人の姿となったルーナさんはすたすたと近づいてくると、なんといきなり僕の頬にキスをしてきた。

「……っ⁉」

突然のやわらかい感触に驚いて、僕は声にならない声を上げる。

キスされたことに気づいて顔を真っ赤にしていると、それを見たルーナさんが「くくっ」と楽しそうに笑う。

「ふふ、本当に愛《う》い奴《やつ》だな。食べてしまいたいくらいだ」

八重歯を覗《のぞ》かせながらそう言うルーナさんは、美しさと野性味が同居していて、なんだか背筋がぞくりとした。

「それではまた会おうテオドルフ。次会った時はもっとよい礼をするから楽しみにしておれ」

そう言ってルーナさんは去っていった。

こ、これよりも凄《すご》いお礼ってなんだろう。僕はドキドキしながらルーナさんの背中を見送るのだった。

◇◇◇

「ふう……疲れた」

無事畑の作業を終えた僕は、家の中でくつろぐ。

作業自体はすぐ終わるはずだったけど、まさかのフェンリルの出現で時間がかかってしまった。

「午後は特にやることがないから、本でも読もっかな」

お城から役に立ちそうな本を持ってきている。

開拓に役立ちそうなことはなるべく勉強しとかないと。

「よし、じゃあお昼を食べて午後も頑張るぞ」

一人でそう気合を入れていると、突然外にいたゴームが「ゴ、ゴウ⁉」と声を上げる。警戒しているというよりも、困惑しているような声だ。

いったいなにがあったんだろうと、僕は外に出る。

すると家の方に向かって一人の女性が歩いていた。

「だれ……か……たす……け……」

レイラと同じ歳《とし》くらいの、若い女性だ。

その人はあちこちに擦り傷を負っていて、着ている服も汚れている。どうやら長い間走っていたみたいだ。疲れ切っているみたいで今にも倒れそうだ。

「おね……が……」

どさ、と女性は倒れる。

危険な倒れ方だ。急いで僕は彼女に駆け寄る。

「大丈夫ですか⁉」

「はあ……はあ……」

駆け寄って頬を触ると、かなり熱い。

どうやら疲労で熱が出ているみたいだ。このままだとまずい。

「ゴーム！　運ぶの手伝って！」

「ゴ、ゴウ！」

僕はゴームの手を借りて、その女性を家まで運ぶ。彼女はすごく疲れている様子だったので、ひとまず家のベッドに寝かせた。

家の中にゴームは入れないので、窓の外から心配そうにこちらを見ている。

「良くなるといいけど……」

井戸から冷たい水を汲《く》んで、それに浸した布をおでこに載せてしばらく待つ。

これくらいしか今はできることがない。

大丈夫かなとしばらく様子を見ていると、ゆっくりその人は目を開く。

「ん、んん……ここって……」

ゆっくり体を起こして、こちらを見る。

まだ状況が飲み込めていないみたいで、困惑した様子だ。

「大丈夫ですか？」

「は、はい……君は……？」

「僕はテオと言います。お姉さんは僕の家の前で倒れていたんです」

「そうだったんだ……看病してくれてありがとうね。私はアイシャって言うの、よろしくね」

肩まで伸びた栗色《くりいろ》の髪を揺らしながら、お姉さんはそう名乗った。

なんだかほんわかした雰囲気を持った人だ。出会って間もないけどとても優しい人のように感じた。

「それでアイシャさんはなんでここに？　急いでいるように見えましたが」

「そ、そうだ！　急がないと！」

アイシャさんは焦った様子でベッドから降りようとする。

しかしその瞬間「っ！」と痛そうに顔を歪《ゆが》める。長い間走ったせいで体中が痛いみたいだ。こういう時こそアレの出番だね。

「ちょっと待っててくださいね」

「へ？」

僕は用意しておいた緑色の草と、瓶に入った水を手に持つ。

「自動製作《オートクラフト》……回復薬《ポーション》！」

スキルが発動して、草と水が融合する。

さっき持っていたのは『ヒィル草』という植物だ。栄養満点な植物で、調合すると傷を癒やす薬になる。

効果の高い薬を作るには高い技量がいるらしいけど、自動製作《オートクラフト》の力があれば高品質の回復薬《ポーション》を一瞬にして作ることができる。

ゲームでもポーションを作るにはもっと複雑な手順が必要だったのにこれだけですむなんて、やっぱり規格外《チート》な能力だ。

ちなみにヒィル草の種はローランさんから貰ったものだ。さっそく役に立ってよかった。

「これを飲んでください。良くなりますから」

「……うん、分かった」

アイシャさんは少し躊躇《ちゅうちょ》しながらもそれを飲む。

どうやら少しは信頼してもらえているみたいだ。

彼女が回復薬《ポーション》を飲み干すと、体が淡く光り始める。

そして体中の傷がゆっくりと消えていき、顔色も良くなっている。こ、こんなに即効性があるなんて思わなかった。

「す、すごい！　もう体が痛くない！　こんな凄い物を作れるなんてテオくんは魔法使いなの⁉」

「えーと……そんなところ、ですかね？」

僕の能力のことを話したら、僕が王族であることもバレてしまう。本名じゃなくて愛称のテオと名乗ったのも、身分がバレないようにだ。

別に隠しているわけじゃないけど、今伝えたら混乱させてしまうだろう。ひとまず僕はこの力が魔法だということにする。

「それでアイシャさん。なんで急いでいるか教えていただけますか？」

「私、助けを求めに来たの。ここからフォルノスは近い⁉」

「い、いえ。ここからだとそこそこ遠いですね」

「そんな……方角を間違えちゃったんだ……」

アイシャさんは悲しげに肩を落とす。

フォルノスは王都の北にある都市だ。北の大地と王都の中間にあって、僕もここに来る途中で一回寄っている。

北の大地から王都の方にモンスターがやって来た時に迎え撃てるよう砦《とりで》が建っていて、兵士もそれなりにいる。

僕の言葉を聞いたアイシャさんは「どうしよう……」と消え入りそうな声を出す。

このまま放ってはおけない。ひとまずなにがあったか聞いてみよう。

「なにがあったか教えてもらえませんか？　もしかしたらお手伝いできることがあるかもしれません」

「テオくん……ありがとう」

少し落ち着きを取り戻したアイシャさんはゆっくりと話し始める。

「私はある小さな村出身なの。ヴィットア領のモア村っていうんだけどね、そこは人も少ない普通の田舎の村なんだけど、村の人たちはみんな優しくて、私たちは豊かじゃなかったけど楽しく暮らしていたの」

ヴィットア領は北の大地の南西にある領土だ。ラルド大森林は北の大地とヴィットア領の境界を覆うように存在している。

それにしてもヴィットア領かあ。領地問題はあまり詳しいわけじゃないけど、最近は色々と揉《も》め事《ごと》があって、父上が一度怒っていたのを見かけたことがある。

「最近ヴィットア領は問題が多くて、飢饉《ききん》が起きたり野盗が発生したりしてたの。私の村にも被害が出始めて、みんなで近くの森に避難していたの。最初は備蓄もあったし、森の中に仮住まいを作って暮らせていたんだけど……問題が起きた」

アイシャさんは怯《おび》えるような表情を浮かべながら言葉を続ける。

「ゴブリンの群れが私たちのところにやって来たの……。最初は食料を要求してきた。私たちに戦う力はないから、その要求を飲むしかなかった」

ゴブリンは小さな鬼のモンスターだ。

子どもくらいの背丈で、一体一体は弱いけど、武器を使うし仲間と行動するから厄介……と、本で見たことがある。

油断して命を落とす新米冒険者も多いらしい。

「ゴブリンの要求する食料は次第に多くなっていった。これ以上渡すとみんなの食べる分がなくなる……そう抗議したら、ゴブリンたちはその代わりに『女性』を出すよう脅迫してきたわ」

「……ひどい」

ゴブリンは人の女性と生殖可能だ。どんな目にあうかは容易に想像がつく。

「村の人たちは拒否したけど、ゴブリンたちはそれを許さなかった。出さないと村の人を一人ずつ殺すって……だから私はゴブリンの目を盗んで助けを求めに来たの……このままじゃみんなが死んじゃうから……っ」

アイシャさんは涙を浮かべながら語る。

村の人たちを置いて助けを求めに出るのは勇気がいる行為だったと思う。もしゴブリンに見つかったら確実に捕まり酷《ひど》い目にあっていただろう。

そしてこのまま放っておいたら、その村の人たちも同様に酷い目にあう。

それを知って放っておくことなんてできない。だって僕はここの領主なんだから、その近くで起こった問題を見て見ぬふりなんてするわけにはいかない。

「アイシャさん。村の人たちがいるところまで案内してくれませんか？」

「……へ？」

僕はお出かけ用の外套《がいとう》を羽織る。

お留守番を頼まれたのに勝手に出かけたら、レイラに怒られてしまうだろう。

それでも行かないという選択肢は僕にはなかった。

「任せてください。村の人たちは僕が助けます」

◇　◇　◇

アイシャさんの村の人たちを助けに行くことを決めた僕は、まず家の隣にある倉庫に向かった。

僕はお世辞にも強いとは言えない。身体能力は低い方だし、魔法も使えない。

たとえ相手がゴブリン一体でも勝てるかどうか分からないレベルだ。普通に加勢に行っても足を引っ張るだけだ。役に立つには『自動製作《オートクラフト》』の力を借りるしかない。

その力を最大限に活用するために、倉庫に来たんだ。

「すごい……」

倉庫の中を見たアイシャさんは驚いたように呟《つぶや》く。

倉庫の中には大量の『資材』が保管されていた。岩や木材、鉄鉱石などのクラフト材料だ。家の側《そば》で採れた資材は全てこの倉庫に保管されている。

他にもクラフトしておいたスコップやピッケル、剣なども保管されている。

「こんなに色々あるなんて。テオくんって大工さんなの？」

「はは……似たようなものですかね」

あながち否定できない。

僕は苦笑しながら右手を前に出し、大量の資材に狙いを定める。

「『次元収納《インベントリ》』」

そう呟いた瞬間、目の前にあった大量の資材が一瞬にして消え失せる。

それを見たアイシャさんは「え⁉」と驚く。

「き、消えちゃった！　なにが起きたの？」

「えっと、これも魔法みたいなものです。アイテムを別次元に保管したんです」

「へぇえ……そんなことができちゃうんだ」

もちろんこれも魔法じゃない。

これは自動製作《オートクラフト》に付いていた力の一つで、僕は最近その存在に気づいた。この力さえあれば、大量の資材やアイテムを持ったまま移動できる。

まさに自動製作《オートクラフト》の為《ため》に作られた能力と言えるだろう。

ゲームでもたくさんのアイテムを持ち運ぶことができるけど、まさかそれを再現してくれるなんて。初めて使ったのは数日前だけど、とても驚いたのを覚えている。

「では行きましょうか。道案内をお願いできますか？」

「あ、うん。よろしくねテオくん」

今は納得してくれているけど、アイシャさんは最初僕が森に行くのを止めていた。自分の村のせいで僕を危険な目にあわせるなんて許せなかったみたいだ。

なんとか説き伏せることができたのはゴームのおかげだ。ゴームの力を見たアイシャさんは、これなら僕が危険に晒されずゴブリンを退治できると納得してくれた。

「じゃあゴーム、お願い！」

「ゴーッ！」

ゴームは頼もしくそう返事をすると、僕たちを両手で抱え南西めがけ駆け出す。

「きゃあ⁉」

かわいらしい叫び声をあげるアイシャさん。

ゴームは見た目こそゴツくて鈍重そうだけど、意外と速い。

走る速度も僕よりずっと速いし機敏だ。体力も全然尽きないし、森の中でも問題なく走破できる足の強さを持っている。

ものの数分で森にたどり着いたゴームは、アイシャさんの案内のもと森をぐんぐん奥に進んでいく。

「……レイラと会えればいいんだけど、それは難しそうだね」

朝早く家を出たレイラも、ラルド大森林に向かった。

彼女もこの森の中にいると思うけど、出会うのは難しいだろう。

この森『ラルド大森林』はかなり広い森だ。その上木が生い茂っていてかなり視界が悪い。

これじゃ同じ場所にいたとしても偶然会うのは期待できない。レイラの加勢をアテにしちゃ駄目だ。

「……ん？」

森の中を駆けていると、近くの草むらがガサガサと動く。

そして次の瞬間、灰色の毛をした狼が四匹、僕たちの進路を塞ぐように現れる。

「ぐ、グレイウルフ……！」

狼を見たアイシャさんが驚く。

その名前は聞いたことがある。確か群れで行動する狼で、抜群のチームワークを駆使して獲物を狩る習性がある。

人間を襲うこともあるはず、こんなとこで出会っちゃうなんて。

『ルル……』

グレイウルフたちは低く唸《うな》りながらゆっくり距離を縮めてくる。

どうしよう。ゴームは今両手が塞がってるから上手《うま》く戦うことは難しいのに。こうなったら無理やりゴームを走らせて突破するしかないか……と、思っているとグレイウルフの動きが突然変わる。

『ガ、ガウッ⁉』

なにかに驚いたような声を上げるグレイウルフ。

そしてグレイウルフたちはなぜかペコペコと頭を下げて一目散に逃げ出してしまう。

「へ？　どういうこと？」

不思議そうな顔をするアイシャさん。僕もわけが分からず混乱する。

グレイウルフの態度が変わった時、確かにグレイウルフは僕を見ていた。ということは僕の「なにか」に驚き態度を変えたということだ。

「……あ」

その時、僕はあることを思い出した。

僕はここに来る前、フェンリルのルーナさんから『フェンリルの加護』を貰った。フェンリルと言えば最強の『狼』だ。その加護を持っているからグレイウルフは逃げたんだ。

「鑑定で見られるかな？」

試しに自分に鑑定をかけてみる。

すると、

〇テオドルフ・フォルレアン

フォルニア王国第三王子。現在は王都を追放され北の大地の領主となっている。
転生者であり、その時女神よりギフトを授かっている。
ギフト：自動製作《オートクラフト》
万物を創造する神の力。使用者の想像力でその可能性は無限に広がる。
加護：女神の加護
女神が見守ってくれる。神性を獲得し、魔属性への耐性が大きく上がる。運が大きく上がる。運命改変能力の獲得。
神狼《フェンリル》の加護
あらゆる災厄を退ける力。恐怖に打ち勝つ精神力が身につく。狼系生物は無条件に降伏する。

……なんか知らない内に女神様の加護までついていた。

神性とかいうヤバそうなものまで持っているし、僕はこれからどうなっちゃうんだろう？

「よし、それじゃあ先に進もうか」

グレイウルフたちに逃げられた後も、僕たちはどんどん森の中を進んだ。

幸いアイシャさんの村の人たちは森の深くにはいないみたいで、（それほど）迷うことなく進むことができた。

だけどそれも全てゴームのおかげだ。

ゴームがいなかったら途中で何度も休憩しないと僕がバテて倒れていたと思う。

うーん、やっぱり体力づくりは必要そうだ。もっと体を動かさないとね。

「あ、あそこ！　あそこにみんながいるの！」

アイシャさんが前方を指差して叫ぶ。

そちらに目を向けると、確かに木々の間に家らしき物が見える。

木材を組んで作った、簡素な家。

きっと村人みんなで協力して作ったんだろう。大人が押せば壊れてしまいそうだけど、雨風は防げそうだ。

そんな建物が全部で十軒くらい建っている。

「よかった。みんな無事で……あっ！」

ホッとした表情を浮かべていたアイシャさんの顔が曇る。

その視線の先をたどると、緑色の皮膚をした背の低い人間のようなモンスターが見えた。

「ゴブリン……！」

長い耳と鼻に、緑色の皮膚。

小鬼のモンスター、ゴブリンだ。初めて見たけど本にあった通りの姿だ。

十体近くいるゴブリンたちはナイフのような物を村人に向けながらなにかを叫んでいた。きっと食料か女性を要求しているんだろう。待ちきれないといった様子で村人を脅している。

今にも斬りかかりそうだ。急いで助けないと！

「ゴーム、走って！」

「ゴーッ！」

ゴームはもの凄い勢いでゴブリンたちめがけて駆け出す。

するとその音で気づいたのか、ゴブリンたちがこっちを見る。

『ギギッ⁉』

『ナンダアイツ‼』

『テキカ⁉』

ゴブリンたちはゴームを敵とみなし、ナイフを構える。その間にゴブリンと対峙《たいじ》していた村人たちは村に逃げていく。

このまま戦闘に入りそうだ。僕たちが乗っていたら危ないし、ゴームも満足に戦えない。僕はアイシャさんに話しかける。

「アイシャさん！　いっせーので飛び降りましょう！」

「え⁉　でも危ないんじゃ」

「なんとかします！　信じてください！」

アイシャさんは一瞬だけ驚いた表情をしたあと、「分かった。テオくんを信じる」と頷いてくれる。

素直に信じてくれて嬉しい。

「それじゃあいきますよ！　いっせーの……」

「「せ！」」

僕たちは手をつなぎながら、走るゴームの上から同時に飛び降りる。

地面には木の根っこや石が転がっている。このまま落ちたらかなり痛いだろう。

だから僕は着地地点を予想して、スキルを発動する。

「自動製作《オートクラフト》、ベッド！」

次元収納《インベントリ》にしまってある木材と布を消費して、大きめのベッドをクラフトする。

寝心地のいいふかふかのベッド。それは落下した僕たちをボフッ！　と優しくキャッチする。

「よし……上手くいった……！」

「ぷは、なにが起きたの？」

「アイシャさんはここで待っていてください。僕もゴームのところに行きます」

「あ、危ないよ！　テオくんも待ってた方がいいって！」

心配したように言うアイシャさん。

確かに僕みたいなのを行かせるのは不安だろう。でもゴーム一人に任せるわけにもいかない。僕も自動製作《オートクラフト》の力でサポートするんだ。

「心配なのは分かります。でも任せてください、必ず村の人たちは僕が助けますから」

アイシャさんの目を見ながら真剣にそう言うと、なぜかアイシャさんは顔を赤くしながら「……ふぁい」と気の抜けた返事をする。

熱がありそうで不安だけど、ひとまずは納得してもらえたみたいだ。

「ど、どうしよう……年下の子なのにどきどきしちゃった……変な顔してないかな……？」

「あの、大丈夫ですか？」

「う、うん！　大丈夫！」

まだ少し挙動不審だけど、大丈夫そうだ。

僕はアイシャさんを置いてゴームの方に向かう。

『ナンダコイツ⁉』

『ヤレ！　コロセ！』

村の入口ではゴブリンとゴームが戦っていた。

ゴブリンたちの数は多く、全員が武器を持っている。だけど、

「ゴーッ！」

ゴームの力はそれを凌駕《りょうが》していた。

両腕を広げてラリアットすると、枯れ葉のごとくゴブリンたちが吹き飛ぶ。まるで大人と子どもの喧嘩《けんか》だ。ナイフもゴームの硬い体を貫くことはできない。僕が来る意味はなかったかもね。

『ギギ、コウナッタラ……』

ゴブリンの一体が、ゴームに背を向けて走り出す。

逃げるのかと思ったけど……違う。ゴブリンは森の方ではなく村の方に走っていった。

その狙いは明白。村人を人質にするつもりなんだ。

そうなったら反撃はできなくなってしまう。ゴームは他のゴブリンの相手で忙しいので、そのゴブリンの行動には気づいていない。

……僕がやらなくちゃいけない。

後先を考えるな。今できることを、やるんだ！

「自動製作《オートクラフト》……土壁！」

次元収納《インベントリ》に収納してある大量の土を使い、ゴブリンの行く手を塞ぐように土の壁を出現させる。

土の壁は高さ二メートルはある。子どもの背丈のゴブリンじゃ簡単に登ることはできない。

突然現れた土の壁に『ギャ⁉』と困惑するゴブリン。するとそのゴブリンは辺りを見回し、僕のことを発見してしまう。

『ギャギャ！　オマエノシワザカ！』

「ひっ！」

ゴブリンの恐ろしい目が僕を捉える。

怖い。レイラもゴームも近くにいない状況で、殺意を向けられるなんて初めてだ。助けを求めても誰も助けてくれない、自分の力で切り抜けなきゃいけない。

怖さで押し潰されそうになるけど、その瞬間体の内側から勇気が湧いてくる。

……そういえばフェンリルの加護には恐怖に打ち勝つ力があったっけ。きっとそれのおかげだ。

こんな状況でも僕の頭は冷静だった。

『シネ！』

ナイフの刃先を向け、ゴブリンが襲ってくる。

僕は集中し、タイミングを計って能力を発動する。

「自動製作《オートクラフト》、石ブロック！」

小さめの石の塊をゴブリンの足元に作り出す。

するとゴブリンはその石に足をぶつけて、『ギャ！』と声を上げながら派手に転ぶ。よし、これで移動を封じた。後は……。

「自動製作《オートクラフト》……石ブロック×100‼」

ゴブリンの上、なにもない空間を指定して能力を発動する。

五十センチ四方の石のブロックが大量に生成されて、次々とゴブリンの体に落下する。なんてことない普通の石だけど、当たればかなり痛い。そんな物が何個も落ちてくれれば相手がモンスターでも結構なダメージを与えることができるはずだ。

『ギャー――――⁉』

ゴブリンの絶叫が森の中に響く。

石のブロックの山の下敷きになったゴブリンは、身動きが取れなくなり『ギュウ……』とその場で意識を失う。

「か、勝った……」

能力に頼り切りだけど、初めて僕はモンスターに勝つことができた。

不安だったけど勇気を出してここまで来て本当によかった。

『ギィ⁉　ナンダコイツラ‼』

『イッタンニゲルゾ！　ボスニシラセルンダ！』

ゴームの活躍により数を二体にまで減らしたゴブリンは、そう言うと一目散に逃げていく。

ゴームはそれを追おうとするけど、ゴブリンたちは素早く、すぐに見失ってしまう。

「ゴー……」

「深追いしたら危ないからやめよう。村の人たちも怪我《けが》してるかもしれないしね」

僕はそう言って村の前に作っていた土壁を解除する。

基本的に建築した物は素材に戻すことができる。でも特別な物は分解できないみたいで、神の鍬は分解して神金属《ゴッドメタル》に戻せなかった。

流用できるとても助かったんだけど、そんなズルはできないみたいだ。貴重な鉱石や金属の扱いは熟考しないと駄目だね。

「あの、大丈夫ですか？」

壁を解除すると、数人の村人たちが傷をおさえながらうずくまっていた。

彼らのもとに近づこうとすると、村人の一人が手に持っている簡素な槍《やり》をこっちに向けてくる。

二十代前半くらいの男性だ、彼は僕を強く睨《にら》みつけながら大きな声を出す。

「な、なんだお前たちは！　今度は盗賊か⁉」

「いや、僕たちはちが……」

彼はかなり混乱しているみたいだった。

突然大きなゴーレムを連れた子どもが現れたんだから無理もないか。

うーん、でもどうしよう。なんて言ったら味方だと信じてもらえるだろう？

「待って！　その子は私たちを助けてくれたの！」

突然響く大きな声。

そちらに目をやると、アイシャさんがいた。

そうだ、アイシャさんなら上手く説明してくれるはず。ここはひとまず彼女に任せることにしよう。

◇◇◇

アイシャさんの説明のおかげで、僕はなんとか信じてもらうことができた。

誤解が解けたところで、僕は怪我をしている人の治療に当たることにした。

「自動製作《オートクラフト》、回復薬《ポーション》」

ヒィル草は多めに持ってきている。

僕はケチらずにどんどん使って村の人たちを治療していく。

「す、すごい！　傷が塞がっちゃった！」

「もう痛くない！」

「ありがとうございます……あんたは恩人だ！」

村の人たちは口々に感謝の言葉を述べてくれた。

怪我人を全員治した頃には、最初に向けられていた疑いの目はすっかり消えていた。

見ればよりも小さい子たちがゴームと遊び始めている。あっちもすっかり打ち解けたみたいだ。これなら落ち着いて話ができそうだね。

「あ、あの……」

「へ？」

おずおずと話しかけてきたのは、一人の男性。

その人は最初に僕に槍を向けてきた人だった。その人は目を伏せながら、申し訳無さそうに口を開く。

「も、申し訳ない！　知らないとは言え盗賊と疑ってしまった！　本当にすまない！」

男性はその場に膝をつくと、地面にめり込む速度で頭を下げる。

ジャパニーズ土下座スタイルだ。どうやらこの世界でも土下座は一般的みたいだ。

「大丈夫ですよ、僕は気にしていませんから。突然現れた人を信じる方が危ないです」

「うう、なんて優しいんだ……本当にありがとう！」

泣きながらガシッと手をつかまれて、感謝された。

周りの人たちも微笑《ほほえ》ましいものを見るようにうんうんと頷いているし、恥ずかしい。

さて、これからどうしようかと思っていると、アイシャさんが近づいてくる。

「テオくん。村長さんが話したいって言っているから来てくれる？」

「あ、はい。もちろんです」

ちょうど僕も話したかったところだ。

僕はアイシャさんの後をついていき、村長さんの家に向かう。

村長さんの家は他の家より大きかったけど、やはり急ごしらえのもので、押したら崩れそうな外観をしていた。モンスターに襲われたらひとたまりもないだろう。

今まで無事だったのが不思議なくらいだ。

「おじゃまします」

アイシャさんは外で待つと言ったので、一人で中に入る。

すると中には立派な白いヒゲをたくわえた、おじいさんがいた。年齢は六十歳くらいかな？

「良くいらっしゃった、テオ殿。アイシャから話は伺っております。どうぞおかけください」

「はい、失礼します」

促され、僕は床の上に敷かれた座布団の上に座る。あぐらをかいている村長さんと向かい合う形だ。

「わしは村長のガラド・モアルと申します。かつてはモア村の村長をしておりました。今はこの避難地の代表をしております。どうぞよろしくお願いします」

そう言ってガラドさんは深く頭を下げてくる。

僕も急いで挨拶をして、頭を下げる。

「僕はテオと申します。こちらこそよろしくお願いします」

ふう、大人の人と話すのは緊張する。いくら前世の記憶があるとはいえ、今僕の体と心は子どもに戻っている。慣れないことがあるとすぐ緊張してしまう。

でも領主になるにはこれくらい慣れないとね。

「テオ殿、まずはお礼を言わせていただきたい。この村をお救いくださり、ありがとうございます。聞けばアイシャのことも助けていただいたとか。重ねてお礼申し上げる」

村長さんはさっきよりも深く頭を下げてくる。

「い、いいえ！　当然のことをしたまでですので大丈夫です！」

「なんと慈悲深い……！　あなたのような方が領主でしたら、我が村も安泰だったでしょうなあ……」

ガラドさんは昔を懐かしむように言う。

ヴィットア領はそんなにひどい状態だったんだ。そこからなんとか逃げ出したと思ったら、今度はゴブリンに襲われるなんて可哀想《かわいそう》すぎる。なんとかしてあげたい。

「テオ殿、あなたには感謝しております。できればお礼をしたいですが……すぐにここを発った方がよろしい」

「……え？」

神妙な表情をしながら言うガラドさん。

いったいどうしたんだろう？

「どういうことでしょうか。確かにゴブリンは厄介な相手ですが。みんなで力を合わせれば撃退できると思います」

「ゴブリンだけでしたらそうかもしれませぬ。しかし相手はそれだけではありませぬ」

ガラドさんは目の中に恐怖と諦めの色を浮かべながら語る。

「アイシャが村を出た後、村にゴブリン共の『ボス』が初めてやってきました。そやつの名前は『ゴブリンキング』。ワイバーンすら単騎で狩る、恐ろしい怪物ですじゃ。我々が力を合わせても、ゴブリンキングの前では無力。テオ殿はどうか奴に見つかる前にお逃げくだされ」

「ゴブリンキング……！」

ガラドさんの出したその名前は、僕も知っていた。

ゴブリンキングはその名の通り、ゴブリンの『王』だ。普通のゴブリンよりずっと体格が大きく、力も強い。その戦闘能力は鬼人《オーガ》より高いというから驚きだ。

ゴーレムが正面から一対一で戦うことができたらなんとかできるかもしれないけど……相手には大量の手下がいる。一対一に持ち込めるかどうかは分からない。

「ゴブリンキングは今日の夕方頃にもう一度この村に来ると言いました。今からだとあと二時間くらいでしょうか。その時に若い女性を全員差し出さなければ、村の者たちを殺して無理やり奪い取ると言いました。先程来たゴブリンはそれが待ちきれず先走った者たちでしょう」

「なるほど……」

事態は思ったより深刻そうだ。

ゴブリンキングはベテランの冒険者でも倒すのが難しいはず。とてもじゃないけど、村の人たちが勝てるような存在じゃない。

「……これからどうされるおつもりですか？　逃げる用意をしているようには見えませんが」

「数体のゴブリンがこの村を監視しています。一人ならまだしも、村人全員で逃げるのは不可能でしょう。村人を残して逃げることも、女性を渡すこともできません。たとえ勝てぬ戦だとしても、我らにはそれしか道が残されていないのです……」

悲痛そうな表情を浮かべるガラドさん。選んだその先に破滅しかないことをよく理解しているんだろう。

確かにこの状況は絶望的だ。仮に女性を差し出したとしても、ゴブリンたちの搾取は終わらないだろう。きっと餓死するまで永遠に食料を要求されるに違いない。

この状況を打開するには『勝つ』しかない。

そして僕にはそれを実現できる力がある。

「ガラドさん。僕から提案があります」

「……伺いましょう」

「僕には『物を作る力』があります。その力を使えば、この村に防衛設備を作ることができます。資源も時間も充分にはありませんが……村の人たち総出で取り掛かれば、ゴブリンたちを迎え撃てるようにはなると思います」

戦いは攻めるより守る方が有利だと聞いたことがある。

ゴブリンたちが長期戦に出たら、こちらの食料が切れて不利になるかもしれないけど、ゴブリンがそんな悠長に戦うようには思えない。

短期戦で来るなら防衛戦法の方が有利なはずだ。『自動製作《オートクラフト》』の力はかなり役立つと思う。

「テオ殿。貴方《あなた》のお力は聞いております。その力を貸してくださるのであれば、これほど頼もしく、嬉しいお話はありません。しかし……なぜそこまでしてくださるのでしょうか？」

ガラドさんは僕のことをじっと見ながらそう尋ねてくる。

「その所作と気品、きっと名のあるお家で生まれ育ったのだとお見受けします。我らには貴方にお返しできるものなどございません。それなのになぜ、そこまで尽くしてくださるのでしょうか？」

ガラドさんの疑問はもっともだ。

急に押しかけて見返りを求めず助けますなんて言ったら不審に思われて当然だ。

もちろん、この問いにそれっぽいことを言ってごまかすことは簡単だ。

だけどこの先もこの人たちと付き合うことを考えると、嘘《うそ》は悪手だ。誠意を持って接しないと信頼関係は築けない。

これは社畜時代の教訓だ。

「僕のメリットならあります。なぜならこの場所は僕の領地内だからです。そこに避難してきたあなた方は領民と同じです。当然僕には保護する責務があります」

そう言うと、ガラドさんはヒゲをピクリと動かし目を見開く。きっとそんなことを言われるなんて想像もしていなかったんだろう。

「テオ殿、あなたはいったい……何者なのですか？」

「僕の本名は『テオドルフ・フォルレアン』。フォルニア王国の第三王子にして、ここ北の大地の領主です」

「なんと……そんなことが……っ！」

ガラドさんは震える声でそう言うと、その場にひざまずき、頭《こうべ》を垂れる。

一瞬見えたその目には、涙が浮かんでいた。

「どうかお願いします殿下……この村をお救いください……っ！　我らにできることであればなんでもいたします。なので、どうか、どうか……っ！」

僕はそう懇願するガラドさんの肩に手を乗せる。

お願いされなくても、初めからそのつもりだ。

「任せてください。僕がなんとかします」

僕はまだ少しビビっている自分に言い聞かせるように、そう宣言するのだった。

◇◇◇

「ゴブリンとの戦いの指揮はテオ殿が執る！　みなは彼の言うことを聞くように！」

ガラドさんは村の人たちにそう伝えてくれた。

まだ村の人全員が僕のことを信じてくれているわけじゃないけど、村長がそう言ってくれたおかげで、言うことは聞いてくれるようになった。

「まだ殿下が王子であることと、領主であることは伏せさせていただきたい。村の者たちが混乱し、作業に支障が出る可能性があります」

「分かりました」

変にかしこまられて動きが悪くなる方がいけない。

僕は流しの魔法使いということにしてもらった。これなら変に緊張することも少ないだろう。

「それで……テオさん、だったか？　俺たちはなにをすればいい？」

「いったいどうやってゴブリンと戦うんだ？」

不安そうな顔をした村の人たちが話しかけてくる。

僕はずっと考えていた案を口にする。

「まずはこの避難地を『要塞化』します。そして武器を調え、全員でゴブリンを迎え撃ちます」

ざわ、と村人たちは困惑する。

要塞化なんてそんなことできるのかという不安が顔に出ている。僕はそんな彼らを安心させるため、能力《ちから》を見せることにする。

「自動製作《オートクラフト》、櫓《やぐら》！」

大量の木材を消費して、村の真ん中に大きな物見《ものみ》櫓《やぐら》を建設する。

この上にいれば避難地全体を見渡すことができるし、高所から攻撃することもできる。

「それと……自動製作《オートクラフト》、防護柵！」

次に村の入口に木製の柵を設置する。

柵には木のトゲがあり、突っ込んでくる相手に刺さる仕組みになっている。簡単に突破することは難しいだろう。

「す、すごい……！　一瞬にして柵が！」

「これなら村を守れるぞ！」

自動製作《オートクラフト》の力を見た村の人たちの顔が明るくなる。

よし、これなら作業も進みそうだ。

「村を守るためにはみなさんの力も必要です。どうか力をお貸しください」

そうお願いすると、村の人たちは「はい!!」と返事をしてくれる。よし、これならなんとかなるはずだ。絶対にこの避難地を守り抜いてみせる！

◇　◇　◇

ゴブリンと戦うことを決めた、モア村の人々。

決戦を間近に控えたそこでは、村人たちがせわしなく動いていた。

それはテオに助けを求めた女性、アイシャも例外ではなかった。

「みんなこっちに来て！　そう、慌てずに！」

非戦闘員であるアイシャだったが、まだ若く体力もある彼女は率先して村人を避難誘導していた。女性や子ども、老人などの戦えない村人たちは、みな一番大きい村長の家の中へと入っていく。

「これで全員かな？」

無事避難が終わり、アイシャは「ふう」と一息つく。

彼女も戦闘には参加できないので、他の村人と同様に避難してもいい。しかし彼女はまだできることがないかと避難地の中を歩き、自分にできることを探す。

「本当に戦うんだ……」

視界の先では、男性たちが家を解体していた。

テオは最低限の家を残し、他の家屋は全て解体するよう指示していた。

これは素材を集めるという理由と、守りを強固にするという理由があった。

守る範囲が増えれば増えるほど、隙を突かれる危険は増える。わざと避難地の面積を減らすことで守りを強固にしたのだ。

しかしそんな大きな利点がある一方、この手は一度攻め込まれてしまったらあっという間に占拠されてしまうという危険もはらんでいた。

しかしテオはその危険を冒してでも、避難地を縮小する利点は大きいと考えたのだ。

「テオさん！　木材が集まりました！」

「あっちの作業も終わりました！　いつでもいけます！」

「鉄はこれだけ見つかりました。使えますかね？」

アイシャの目に大きな声で話す男性たちの姿が入る。

彼らの視線の先にいるのは、まだ十三歳の少年テオ。彼は大人たちの質問に的確に答え、指示を出していた。

「木材はそちらに。ではあなたはあっちの準備を。鉄は……もう少しだけ欲しいですね。農具を分解してなんとか工面できないでしょうか？」

テオの指示に、村人たちは従い行動する。

最初こそその少年を大人たちは舐《な》めていた。

しかし時間が経つにつれ、彼らは少年をすっかり信頼するようになっていた。

それはテオが不思議な力を持っているからでも、強力なゴーレムを使役しているからでもない。

彼が自分たちのことを考え、行動してくれていることを理解したからだ。

「うーん、木材と土はたくさんあるけど、石と鉄が少ないね。石壁が作れたら良かったんだけど。でも火薬があったのは助かるね。これを使えば……」

テオは頭をフル回転させて避難地の防衛策を思案していた。

彼のやっていたクラフトゲームにも『防衛戦』はあった。村に襲いかかってくるモンスターたちと、村人を守りながら戦うのだ。

今回やることはそれと同じだ。だったらゲームの知識が応用できる。Wiki に書いてあったことを思い出しながら、テオは防衛の準備を進める。

「……ん？　どうしたのアイシャさん」

「あっ」

アイシャの姿を見たテオは、彼女に近づいていく。

遠くからぼんやりと彼のことを見ていたアイシャは、どきっと驚き慌てる。

「な、なんでもないの！　なにかできることはないかなーって」

「ありがとうございます。でもこっちは大丈夫ですよ。村の人たちが手伝ってくれていますので準備は順調です」

「そうなんだ。じゃあ……勝てそう？」

そう聞いてすぐ、アイシャは「あ」と後悔する。

そんな断言しづらいことを歳下《としした》の子に聞いてしまうなんて、と自分の浅慮さを彼女は恥じる。

しかしテオはそんなこと気にした様子もなく、まっすぐに答える。

「はい、絶対に勝ちます。安心してください」

その言葉を聞いたアイシャの胸の奥が、じんわりと温かくなる。

たちどころに不安は消え、勇気が湧いてくる。

気がつけば彼女は……少年から目を離すことができなくなっていた。

◇　◇　◇

モア村避難地から少し離れた所に存在する洞窟内。

物が雑多に置かれたその場所には、多数のゴブリンが生息していた。

知能の低い彼らは農耕などできない。その代わり他の生物から略奪するのだ。洞窟にはモア村だけでなく、他の村や通りかかった行商人から略奪した物も存在した。

そしてその洞窟の最奥部では一体のゴブリンが慌てた様子で平伏《ひれふ》し、目の前にいる存在になにかを訴えていた。

『ソ、ソイツガナカマヲヤッタンデス！　デカイヤツモツレテマシタ！　キケンデス！』

そのゴブリンは、テオと出会ったゴブリンの一体だった。

仲間の多くをゴームによって倒されたものの、このゴブリンは生き延びて集落までたどり着いていた。

ゴブリンは自分が見たものを急いで報告した。

これであいつらに報復できる。そう思っていたゴブリンだったが、彼のボスの反応は想定外のものだった。

「……ほう、それでおめおめと逃げ帰ってきたわけだ」

重苦しい空気が洞窟内に充満する。

平伏しているゴブリンと周りにいるゴブリンたちが、その空気に耐えきれず震えだす。ゴブリンたちはその人物を慕い、敬い、そして恐怖していた。

彼らの視線の先にいるのは、ゴブリンの王、ゴブリンキング。

二メートルを超える巨躯《きょく》に、鍛えあげられた肉体。手には巨大なナタを持ち、頭には王を表す『王冠』が飾られている。

ゴブリンキングは苛《いら》ついた様子で目の前の平伏しているゴブリンに向かって口を開く。

「人間ごときにやられるとは情けない奴だ。ゴブリンの恥晒《はじさら》しめ」

『オ、オマチクダサイ！　カナラズツギハヤクニ……』

「お前のような弱いゴブリンはいらん、死ね」

　ゴブリンキングはそう吐き捨てると、巨大なナタを無慈悲に振り下ろす。

　ごちゃ、という気持ちの悪くなる音と共に、一体のゴブリンが床のシミへと一瞬で変わる。血で錆《さ》びた刃は切れ味こそ悪いが、鈍器と割り切れば十分な破壊力を持つ。

　ゴブリンキングは仲間を殺したにもかかわらず、一切それを気にした様子はなくナタを布で拭き「ふん」と不機嫌そうに鼻を鳴らす。

「いくぞお前ら。生意気な人間どもに分からせてやるんだ。どちらが上に立つに相応《ふさわ》しいかをな」

　ゴブリンキングは立ち上がると、部下のゴブリンたちを引き連れ避難地に向けて進み始める。

　部下のゴブリンの数は百体近い。もはや小さな『軍隊』と言っても過言ではないだろう。

　そこそこの設備の整った街でも、この数のゴブリンたちを迎撃するのは難しい。小さな村ではひとたまりもないだろう。

「クク、見せしめに男どもを何人か殺すか。そして女どもは全員俺が貰う」

　ゴブリンキングは下卑た笑みを浮かべる。

　他種族の雌を好きにできる瞬間、それこそがもっとも彼の心が満たされる時間であった。

　部下の話では今までいなかった『少年』が来て、邪魔をしてきたらしいが、関係ない。誰が来ようとこの腕っぷしで蹂躙《じゅうりん》して見せる。

　どんなことが起きても俺は動じない……と、そう思っていたゴブリンキングだったが、それはすぐさま覆されることになる。

「な、なんだこれはっ⁉」

ゴブリンキングの目に入ったのは、強固な守りで『要塞化』された避難地の姿だった。

その場所は粗末な家が十数軒建っていただけのはずなのに、防衛拠点のような姿に変貌していた。

避難地は外側に棘《とげ》のある柵と外側に先端が向けられた木の杭《くい》で覆われ、簡単には中に入れないようになっている。

柵の内側には物見櫓が建っており、その上には弓兵が控えている。

そしてロクな武器など持っていなかったはずの村民たちは、みなその手に鋭利な槍を持っており、いつでも戦える準備が整っていた。ついこの前まで怯えきっていた村人と同じには見えないほど、その目には闘志が宿っている。

そんな村人たちの視線を背負《しょ》って立《た》つのは、一人の少年だった。

彼は大きなゴーレムの肩に乗りながら、ゴブリンキングたちに話しかける。

「今すぐ帰っていただければ、なにもしません。しかしそこから一歩でもこちらに来たら、僕たちは全力で抵抗します。この避難地の防衛設備は、あなたたちの想像を超えています。引き返すことをおすすめします」

「舐めた真似《まね》を……！」

ゴブリンキングの額に青筋が浮かぶ。

人間にここまで舐められたのは初めてだ。しかも相手は子ども、ゴブリンキングは頭が真っ白になるほどの怒りを覚えた。

「全員突っ込め！　人間どもを蹂躙せよッ！」

王の命令を受け、ゴブリンたちは一斉に村に突進し始める。

それを見たテオは右手を上に上げ、なにかを指示する。

するとと次の瞬間、物見櫓に隠されていた砲台が火を吹き、ゴブリンたちを狙い撃つ。

『ギャア⁉』

『ナンダイッタイ⁉』

物凄い爆音とともに吹き飛ぶゴブリンたち。

まさかこのようなものまであると思わなかったゴブリンキングは「な……！」と焦ったような表情を浮かべる。

「よし、戦闘開始《ゲームスタート》だ……！」

テオは小さくそう言い、戦闘に臨む。

「行けッ！　蹴散らせッ！」

ゴブリンキングの命を受け、ゴブリンたちは一斉に避難地に向かってなだれ込む。

木製の堅牢《けんろう》な柵の側からは、外向きに木の杭が出ている。一気に突っ込めば刺さってしまう。ゴブリンたちは気をつけながら柵を壊そうとする。

『ギギ、カタイ……！』

テオの作り出した防護柵は、その名の通り堅牢であった。

ゴブリンたちは柵を揺らしたりナイフで切りつけたりするが、ビクともしない。壊すのは不可能と判断したゴブリンたちは、小さな体格を活《い》かして柵の隙間を通ろうとする。しかし、

「通すな！　押し返せ！」

「おうっ！」

村人たちがそれを許さない。

手にした槍を柵の隙間に刺し込み、ゴブリンたちを攻撃する。

柵の隙間を通り抜けているゴブリンたちは、身動きが取れない。当然槍を回避することは不可能であり次々とその攻撃の前に倒れていく。

『ヒィッ！』

『ニ、ニゲロ！』

不利を察したゴブリンたちは柵から離れ、後退する。

しかし彼らの救いはそちらにもなかった。

「忘れたか。弱いゴブリンはいらぬ」

『アッ』

巨大なナタが振り下ろされ、プチッという音と共にゴブリンは地面のシミとなる。

その攻撃を放った主であるゴブリンキングは、不機嫌そうに前線に出る。

「こんな柵ごときに手間取りやがって……戦いとはこうやるんだ！」

ゴブリンキングがナタを思い切り振るうと、防護柵が一撃で消し飛ぶ。

その余波で柵の近くにいた村人も吹き飛び軽い傷を負う。それほどまでにゴブリンキングの攻撃は規格外であった。

「蹂躙してやるッ！」

ゴブリンキングが避難地の中に足を踏み入れる。

しかしそんな彼の行く手を塞ぐように大きな影が現れる。

「ゴーッ!!」

現れたのは、テオの作り出した魔導人形《ゴーレム》のゴーム。

ゴームはダッシュでゴブリンキングに近づくと、その顔面を思い切り殴り飛ばす。

「な――――ッ⁉」

反応が遅れたゴブリンキングは後方に吹き飛び、地面に背をつく。顔の中心部は赤くなり、鼻からは血が流れ落ちる。

一方ゴームはゴブリンキングの後を追い、避難地の敷地《しきち》から外に出る。

それを確認したテオはゴームが稼いだ時間を使い、能力を使う。

「自動製作《オートクラフト》、防護柵！」

ゴブリンキングが壊した柵が、再び出現する。

これでまたしばらく時間は稼げるだろう。しかし先程ゴブリンキングが中に入ってきた時に十体ほどのゴブリンが中に入ってきてしまっていた。

『ギギ……！』

『コロシテヤル！』

ゴーレムは柵の外、中には普通の人間しかいない。

これなら勝てるに違いないと踏んだゴブリンたちは、醜悪な笑みを浮かべながらテオたちに近づいてくる。

しかしテオはまだ手札を残していた。

彼はポケットの中から小さい『石』を三個ほど取り出す。そしてそれを対象に能力を発動する。

「自動製作《オートクラフト》、猟犬《ハウンド》ゴーレム！」

その石を中心に土と石が組み合わさり、形をなしていく。

それはまるで大型犬のような姿となり、独りでに動き出す。

テオが作ったのは小型のゴーレム、猟犬《ハウンド》ゴーレムであった。ゴームのような大型のゴーレムより力は劣るが、その分速く、小回りが利く。

テオが先程取り出した石は『魔石』だった。

その魔石は最初にやって来た時に戦ったゴブリンを倒して手に入れたものであった。ゴブリンの魔石は小さく大型のゴーレムは作れなかったが、猟犬《ハウンド》ゴーレムであれば作ることができた。

「行け！　猟犬《ハウンド》ゴーレム！」

「バウッ!!」

猟犬《ハウンド》ゴーレムたちは素早くゴブリンたちに接近すると、石でできた鋭い牙と爪で襲いかかる。

ゴブリンたちは必死に手にしたナイフで抵抗するが、猟犬《ハウンド》ゴーレムは硬くまともに傷をつけることができない。

『ギャア!!』

『コノ、イヌガ……！』

次々と倒れていくゴブリンたち。

よし、これならなんとかなりそうだ。とテオが安心していると、先程作った防護柵が再び壊されてしまう。

「手間取らせやがって……」

見れば防護柵を壊し、ゴブリンキングが避難地に入ってきていた。

ゴームとの戦闘であちこちに傷はできているが、まだ動ける様子だ。先程まで戦っていたゴームは大勢のゴブリンによって足止めされていた。

どうやら部下にゴームの相手を任せて、自分で人間を狩りに来たようだ。

ゴブリンキングはテオのことを睨みつけながら近づいてくる。

「見ていたぞ。お前がこの戦を仕切っているな？　あのゴーレムもお前が操っているんだろう。つまりお前さえ殺せば……この戦は俺たちの勝ちだッ！」

ゴブリンキングは身体能力だけでなく、その頭脳もゴブリンより発達している。戦況を読み、相手の指揮官を探り当てることも可能であった。

事実ゴーレムは主人を失うと動けなくなってしまう。ゴブリンキングの読みは当たっていた。

「死ね小僧！　ぶっ殺してやる！」

テオに接近し、ナタを振りかぶるゴブリンキング。

頼みの綱のゴーレムも動けず、周囲を巻き添えにしてしまうため大砲も使えない。

絶体絶命の状況。しかしテオは冷静であった。

（横に逃げても後ろに逃げても避けられない。だったら……！）

テオは状況を冷静に判断し、最善の選択肢を取る。

それは逃げるか立ち向かってくるかだろうと思っているゴブリンキングが想定していない、第三の選択肢であった。

「自動製作《オートクラフト》、土ブロック×５！」

テオは五個の土ブロックを、自分の足元に作り出した。

すると当然テオの体は五ブロック分、上昇する。斜めに振り下ろされたナタはテオの足下を通り、土ブロックを切断する。

「なにッ⁉」

突然のことに戸惑うゴブリンキング。

一方土ブロックが壊れたことで、テオは前のめりに落下し始める。その着地地点にはゴブリンキングがいる。このままだとぶつかってしまう軌道だ。

かなり危険だが……これは好機《チャンス》でもあった。

ゴブリンキングを奇襲できる、最初で最後の好機《チャンス》。テオは今までずっとなにに使うか悩んでいたそれを次元収納《インベントリ》から取り出し、能力を発動する。

「自動製作《オートクラフト》……オリハルコンナイフ！」

フェンリルから貰った伝説の金属『オリハルコン』。

それと木の棒を素材とし、テオは国宝級の短刀『オリハルコンナイフ』を作り上げた。そしてそれを両手でしっかりと握り、ゴブリンキングの首に突き刺した。

「な……っ⁉」

「はああああっ‼」

テオは咆哮《ほうこう》しながら、ナイフを斬り下ろす。

すると一切の抵抗なく、ナイフはゴブリンキングの硬い皮膚を切り裂く。首から大量の鮮血が飛び散り、さすがのゴブリンキングもその場に膝をついてしまう。

地面にドサッと落下したテオは「……っ！」と痛そうに顔を歪めるが、すぐさま起き上がりナイフを構える。

まだ終わっていない可能性がある、そう警戒するテオだったが、彼の攻撃は勝敗を決する一撃となっていた。

「まさか……人間に、やられるとは、な……」

そう言い残し、ゴブリンキングは地面に崩れる。

テオは自らの手で、勝利をつかみ取ったのだった。

◇　◇　◇

「ゴーーッ！」

『ヒィ！』

ゴームの硬く重い拳がガツン！　と振り下ろされ、最後のゴブリンが倒される。

ゴブリンキングを倒した後は、ゴブリンたちは統率が取れなくなって、ずっとこっちが優勢だった。僕も少しは援護したけど、村の人たちとゴームだけで完全に勝つことができた。

「か、勝ったんだ！」

「やったー！」

「これでもう、襲われずに済むんだな……！」

村の人たちは涙を流しながら喜び合う。

なんだかその様子を見ていると、こっちまで涙が出そうになってしまう。よかった、こんな僕でも役に立つことができたんだ。

「みんな、もう出てきても大丈夫だぞ！」

僕たちが勝ったことが伝わり、村長さんの家に避難していた人たちも出てくる。

勝利を知った彼らも涙を流して喜び合っている。その様子を見ていると、ある人物が僕のもとに駆け寄ってくる。

「テオくん！」

「わっ⁉」

その人物、アイシャさんは涙を流しながら僕に抱きついてくる。

すると自然とその大きな胸に僕の顔は埋まってしまう。

「ちょ、アイシャさん、やめ……」

胸の間からぷはっと顔を出して抗議しようとする。

だけど彼女の顔を見て、僕の言葉は止まる。

「ありがとう……本当に……っ」

アイシャさんは、大粒の涙を流しながら何度も御礼《おれい》の言葉を言ってきた。

ゴブリンは女性を要求していた。当然アイシャさんも狙われていただろう、その恐怖は計り知れない。今まではそれを押し殺していたけど、無事になって抑えていたものが溢れ出してしまったんだ。

「もう大丈夫ですよ。全部終わりましたから」

「うん……うん……っ」

今度は僕の胸に顔を埋《うず》めるアイシャさんの頭を、僕はしばらくなで続けるのだった。

◇　◇　◇

「それでは我らの勝利と、最大の恩人で功労者であるテオ殿に……」

「「「「乾杯ーっ!!」」」」

村の人たちはそう叫ぶと、一斉にお酒の入ったコップをぶつけ合う。

時刻は夕方。まだ戦いで荒れた物を全て片付けたわけじゃないけど、勝利の宴《うたげ》が始まってしまった。村に備蓄してある食料が、全て食い尽くす勢いで調理されていく。お酒も宴が終わる頃には全てなくなってしまうだろう。

でもそれを誰も気にしないほどに、喜んでいた。

その様子を見ていると僕もなんだか嬉しくなってくる。少しは領主としての自覚が芽生えてきたのかな?

「あ」

その時、僕はあることを思い出す。

そういえばまだ村長のガラドさんにも、領民を探していることを伝えていない。それどころか他の人には僕が王子で領主であることすら知られていなかった。

ここの人たちとは仲良くなれたから、ぜひ領民になってもらいたい。でもどういう風に誘ったらいいだろう?　今はお祭りモードだし言い出しづらい。

「うーん……」

「どうかしたのテオくん?」

悩んでいると、後ろにいるアイシャさんに話しかけられる。

いや、後ろにいるというのは少し違うか。僕は今アイシャさんの膝の上に座っているのだ。最初

は普通に一人で座っていたはずなのにいつの間にか抱きかかえられていた。

恥ずかしいので何度か退《ど》こうとしているんだけど、その度ご飯を「あーん」と食べさせられたり、「テオくんは本当に凄いねえ」と頭をなでられたりして逃走を封じられている。

アイシャさんはとてもかわいらしいお姉さんなので、そんな風に扱われると僕も満更ではなくなってしまう。気づけば逃げることをやめて、すっかり身を委ねてしまっていた。なんて恐ろしい姉力だ……。

「な、なんでもないですよ」

「そう？　あ、これまだ食べてないいんじゃない？　こっちもおいしいよ、いっぱい食べてね」

再び餌付けタイムが始まってしまう。

このままずるずるとここに居着いてしまいそうだ。もう辺りも暗くなり始めて来てしまった。このままじゃ夜になってしまう。

「……あ。そろそろレイラも家に帰っている時間だ。いつまでもここにいたら心配させちゃうよね」

レイラは僕のこととなるとかなり大げさに心配する。黙って家を空けたことがバレたらどうなるか分からない。そうなる前に一旦家に戻らなきゃ……と考えていると、ズドドド！　と大きな音がこちらに近づいてくる。

「へ？」

その大きな音は木を次々となぎ倒し、宴をやっているここへ、猛スピードでやってくる。

「テオ様ッ！　お呼びですか！」

「な、レイラ⁉」

なんとやって来たのはメイドのレイラだった。

よほど急いで走ってきたのか服には小枝や葉っぱが引っかかっている。

「ど、どうしてここが分かったの？」

「主人に呼ばれて気づかぬメイドなどいません。名前を呼んでいただければ星の裏側からでも馳《は》せ参《さん》じます」

「いや普通無理だよね？」

「声のした方向とテオ様の可愛《かわい》らしい匂いをたどればこれくらい簡単です。メイドですから」

絶対他のメイドはできないことなのに、『メイドだから』という雑な理由でレイラは押し通してくる。レイラの中でメイドは完璧超人という位置づけなのかな。

「……それよりテオ様。そちらの女性はどなたでしょうか」

レイラは突き刺すような冷たい視線を、僕を抱きかかえているアイシャさんに向ける。

あ、まずい。王都でもレイラは他のメイドが僕と親しくすることを嫌がっていた。こんなとこ見たら嫌がるに決まっている。

アイシャさんは少し怯えた様子でレイラに返事をする。

「わ、私はアイシャと言います」

「アイシャさん、貴女《あなた》は自分が抱きかかえている方がどなたかご存知なのでしょうか？」

「え、えと。テオくんですよね？」

「くん呼びなんて羨まし……じゃなくて恐れ多い。その方は私の最愛の主人にして、この地を統《す》べる最高の領主、テオドルフ・フォルレアン様ですよ！」

「て、テオくんが……領主様⁉」

アイシャさんが叫ぶと、周りの人たちもざわざわと騒ぎ出す。

「テオさんが領主⁉　どういうことだ⁉」

「おいおいフォルレアンって王族の名前だぞ？」

「確かに気品があるとは思ったけど、まさか王族なんて……」

「俺ため口で話してたんだけど。もしかして死刑？」

僕の素性を知った村の人たちは不安そうに話す。お祭りムードはすっかり消え失《き》せ《う》緊張感が場を包んでいる。

うーん、どうしよう。

レイラのおかげでカミングアウトする手間は省けたけど、なにから説明しよう。

「……わしが説明しよう」

悩んでいると、村長のガラドさんが前に出てくる。

ガラドさんの言葉なら村の人たちもちゃんと聞いてくれるはず。僕は「よろしいか？」と目配せしてくるガラドさんに「お願いします」と答える。

「では伝えよう。テオドルフ様のことと、なぜそれを黙っていたのかを」

ガラドさんは僕が王子で、北の大地の領主になったこと。領主としてここに住む人を守るため戦ったこと。そして身分を知られたら戦いに支障が出る可能性を考慮して、身分を隠していたことを説明してくれた。

その説明を聞き終える頃には、ほとんどの人が落ち着きを取り戻していた。しかしそれでもまだ納得しきれない人はいて、

「話は分かったが……本当か？　悪いが領主が領民のために体を張るなんて信じられない。なにか裏があるんじゃないか？」

村人の一人が、申し訳無さそうな顔をしながらそう発言する。

この村の人たちはヴィットア領の領主のせいで苦しい生活を強いられて、そのせいで村を捨ててこの森に逃げ込んできた。領主という存在に懐疑的なのは当然だ。

どう言えば裏なんてないと納得させられるだろう。

早く納得してもらわないと後ろで「テオ様を疑うとは度し難い……三枚に下ろして差し上げましょうか……」と小声で物騒なことを言っているレイラが行動に出てしまう。

だけど僕が行動するより早く、村人の一人が声を上げる。

「バカ野郎！　なんでテオドルフ様を信じられないんだ！　あの人は俺たちと肩を並べて戦ってくれたじゃねえか！　あれが嘘だって言いてえのか！」

「いや、そういうわけじゃ……」

あの人は村に最初にやってきた時、僕に槍を向けてきた人だ。

確か名前はジャックさん。喧嘩《けんか》っ早《ぱや》いところがあるけど、情に厚いいい人だ。

「それだけじゃねえ！　テオドルフ様は槍を向けた俺にも優しく接してくださった。戦の役に立たない者も全員怪我を癒やしてくださったし、不安そうな人の相談にも乗ってくださっていた！　それでもまだ納得できねえってなら……俺が許さねえ！」

ジャックさんがそう言うと、次にアイシャさんが口を開く。

「わ、私もテオくんを信じます！　彼は嘘をつくような人じゃありません！」

体を震わせながらそう言うと、他の人たちも「そ、そうだ！」「俺も信じる！」と声を上げる。するとと異議を唱えた人は「わ、分かったよ。俺が悪かった。不安になっただけなんだ」と納得してくれた。

ふう、どうなるかヒヤヒヤしたけど、なんとかなって良かった。

場が静まったことを確認したガラドさんは「こほん」と咳払《せきばら》いすると再び口を開く。

「……と、わしからはこんなところじゃろうか。テオドルフ様からはなにかございますでしょうか？」

ガラドさんからの問いかけに僕はコクリと頷く。

僕は村の人たち全員が見えるように、ゴームの手のひらに乗せてもらい、一メートル半くらいまで上げてもらう。結構高めで怖い。

村の人たちの視線が一斉に集まって緊張するけど、僕は努めて堂々と、ここに来た本当の理由を話す。

「聞いての通り、僕はここ北の大地の領主になりました。見ていただいた通り、僕は特殊な力を授かっています。土地を開拓するのにこれ以上ないほど便利な力です。しかし当然のことながら僕一人でこの広大な土地を開拓することはできません」

言葉を飾らず、思っていることをありのままに話す。それが一番良く伝わるはずだ。

「だから僕は共にこの地を開拓してくれる『領民』を探しにこの森にやってきました。みなさんにはぜひ最初の領民になっていただきたいです。共に闘ったみなさんなら僕も信頼できます。一度領主に裏切られているみなさんに信じてもらうのは難しいかもしれませんが……僕は絶対にみなさんを裏切りません。だからぜひ、力を貸してください」

そう言って頭を下げる。

すると長い沈黙が場を支配する。ど、どうしよう。なにかマズいこと言っちゃったかな……と不安になっていると、パチパチと誰かが手を叩《たた》く音がする。

その音は次第に増えていって、最終的に割れんばかりの拍手が僕に降り注いできた。

「こちらこそよろしくお願いしますテオドルフ様！」

「あんたにならどこまでもついていくぞ！」

「新しい領主様の誕生だ！　飲むぞ！」

「テオドルフ様最高！」

みんな笑顔で僕のことを受け入れてくれた。

よかった。成功したんだ。ほっとして足に入っていた力が抜け、後ろに倒れそうになる。するとそれをレイラが優しく受け止めてくれる。

「お疲れ様でしたテオ様。とても素敵なお言葉でした」

「そ、そうかな」

「ええ。お一人でこれだけの人の心をつかむとは見事です。本当に立派に成長なさいましたね」

レイラは優しい目で僕のことをじっと見つめてくる。その青く透き通った綺麗《きれい》な目で見られると、なんだか恥ずかしくて僕は目をそらしてしまう。

「……ですが、お留守番を勝手にやめたことは別問題です」

「え」

「罰として……そうですね。一ヵ月は一緒にお風呂に入っていただきます。いいですね？」

「なんでそうなるの⁉　勘弁してよ！」

「これだけは譲れません。すみずみまで洗って差し上げますね……♡」

「そんなあ！」

こうしてモア村避難地での夜は、騒がしく更けていくのだった。

◇　◇　◇

「ふう、疲れた……」

夜遅くまで続いた宴を終え、僕は避難地の中に新しく作った家に入り、ベッドに腰をかける。

今日はこの避難地に泊まり、明日新しい領民の人たちと一緒に僕の家に向かう予定だ。あの周辺を最初の村として、北の大地を開拓していこうと思っている。

「領地の名前と……村の名前も考えなきゃね。いつまでも『北の大地』じゃ締まらないし」

この土地は長い間人が住んでいないのでちゃんとした名前はないのだ。千年前、瘴気に侵される前だったら名前があったかもしれないけど、そんな昔の記録は残っていない。新しくつける必要があるだろう。

「お疲れ様でしたテオ様。ゆっくりお休みください」

そう僕をねぎらってくれたのは、メイドのレイラだ。

撤去した防護柵の素材を使って家はたくさん作ったのだけど、当然という顔でレイラは僕と同じ家に入ってきた。

「自動製作《オートクラフト》、ベッド」

「おっと手が」

ベッドをもう一個作ると、レイラが超高速で剣を振るい一瞬でベッドをバラバラにしてしまう。見るも無惨な姿となったベッドを見て、僕は啞然《あぜん》とする。

「すみません。手がすべりました」

「いやこれすべったとかいう次元じゃないよね⁉」

そう詰め寄るけど、レイラは明後日《あさって》の方を見て僕をスルーする。普段はなんでも言うことを聞いてくれるけど、一度こうなったらなにをしても無視だ。

僕は「はあ」とため息をついて諦める。

「ところでレイラは今日どうだったの？　森を探索してたんでしょ？」

「はい。一日中森を探索しましたが、恥ずかしながら避難地《ここ》を見つけることはできませんでした」

このラルド大森林は非常に広い。なんの手がかりもなしにこの小さな避難地を見つけるのは難しいだろう。僕がここに来られたのもアイシャさんの案内があってのことだ。自力じゃとても見つからない。

「しかし代わりと言ってはなんですが、よい物を手に入れました」

「よい物？」

なんだろうと首を傾《かし》げると、レイラはテーブルの上にガラガラと石のような物を袋からたくさん出して置く。

近づいてよく見たそれに、僕は驚く。

「これってもしかして魔石⁉」

「はい。森で何回もモンスターと遭遇しまして。全てを斬り伏せていたらたくさん集まりました」

レイラが出した大小様々な魔石は全部で数十個あった。

さすがにゴブリンキングから取れた魔石と比べたら小ぶりだけど、十分な大きさだ。これさえあれば色々な物が作れるようになる。開拓するのももっと楽になるだろうね。

「ありがとうレイラ、助かるよ！」

そう言って彼女の手をぎゅっと握ると、レイラは「い、いえ当然です」と顔を赤らめてそっぽを向く。あれ？　なにか間違えたかな？

いつもスキンシップが激しいから喜ぶと思ったけど、アテが外れてしまった。

「さ、さあ。もう夜も遅いですし寝ましょう。どうぞこちらへ」

「あ。一緒には寝るんだ……」

レイラに抱きかかえられ、僕はベッドまで運ばれて横になる。

フェンリルのルーナさんとの出会い、ゴブリンとの戦いと今日は色んなことがあった。明日からは領民との暮らしも待っているし、やることは尽きない。

でもみんないい人だし、レイラもいる。なんとかなるだろう。

そう思いながら僕は眠りにつくのだった。

◇◇◇

フォルニア王国の王都にそびえる巨大な王城。

その内部には王に謁見する広い部屋、通称『王の間』が存在する。

床には赤いカーペットが敷かれ、最奥部にはきらびやかな装飾が施された玉座が鎮座している。

かつてテオはここで父に北の大地行きを命じられた。

そして今日も王の間では、ある人物が王に謁見していた。

国王ガウスは玉座から目の前の少女に向かって口を開く。

「勇者アリス・スカーレットよ。こたびの活躍も見事であった。そなたの尽力、感謝する」

「いえ、勇者として当然のことをしたまでです陛下」

炎のように赤いツインテールをした少女がそう答える。

アリスと呼ばれたその少女は、非常に整った顔立ちをしていたが、気の強そうな目をしており近寄りがたい印象を受ける。

背中にマント、腰には剣を下げているその少女はガウスの言葉通り『勇者』であった。

「あれだけの量の魔物を倒して当然のこととは頼もしい。力を与えてくださった女神様も喜んでいることだろう」

「身に余るお言葉。ありがとうございます陛下」

少女はあまり心のこもってなそうな様子でそう返す。

それを間近で聞いていた仲間の二人は、膝をついたまま心配そうな表情を浮かべる。

女神より力を賜った勇者は、王族でも手を出せない『特権』を得ている。アリスは敬語を使ってこそいるが、膝をつかず直立で国王と向き合っていた。

それが仲間二人を余計に焦らせた。

(お嬢、余計なこと言わないといいけど大丈夫かね……)

(うう、胃が痛い。お願いだから大人しくしててねアリスちゃん……)

膝をついた状態では暴走を止めるのにも反応が遅れる。二人はなにも起こらないことを祈る。

「どうだ、勇者の凱旋《がいせん》を記念してパーティーでも開かないか？　息子も呼んで盛大なものにしよう」

「パーティーですか？　それはテオ……じゃなかった、テオドルフも来るのでしょうか」

「テオドルフ？　ああ、そういえばあいつとは古い仲であったな。あのような愚息と長い間付き合ってくれて感謝する。だがもうそのようなことはしないで大丈夫だ」

「……どういうことでしょうか」

アリスは苛立ちを少し言葉に混ぜながらガウスに尋ねる。

これはマズいやつだ。二人の仲間の額に汗がにじむ。

「テオドルフは王都より追放し、北の大地へと送った。奴は女神様に見捨てられ、ギフトを賜れなかった『無能』であったのだ。そのような者を王都に置いておくわけにはいかぬからな」

得意げに語るガウス。

テオドルフがそのようなことになっていると知らなかったアリスは、信じられないといった目でガウスのことを見る。

「北の大地は瘴気に侵された地。軟弱なあやつではどうすることもできぬだろう。今頃は逃げ出しているか……それとも情けなく野垂れ死んでおるか。どちらにしろもうここに戻ってくることはないだろう」

その言葉を聞いたアリスは、小さく「殺す」と呟き腰に下げている剣に迷いなく手をかける。

そしてその刀身を抜き放とうとしたその瞬間、後ろに控えていた仲間の一人が目にも留まらぬ速さで動き、アリスに覆いかぶさってその凶行を止める。

アリスが剣を抜こうとしてから一秒にも満たない間で行われたそれを、ガウスも兵士も視認することはできなかった。

「おおーっと、陛下！　どうやらウチらのリーダーはお疲れみたいです！　お話はこれくらいでよろしいでしょうか⁉　あ、パーティーも残念ながら遠慮するそうですはい！」

「お、うむ、そうか」

突然のことに驚き、ガウスはそう返事をする。

幸いアリスの動きが速すぎたせいで剣を抜こうとしたことはバレていなかった。これ以上ここにいたらどんなボロが出るか分からない。

アリスを押さえた仲間の一人は、彼女を引きずりながら「それでは失礼します！」と王の間を後にするのだった。

◇◇◇

「ちょっとサナ！　なんで止めるのよ！」

王の間から出て少し進んだところの廊下で、アリスは叫ぶ。

幸い廊下に他の人影はない。彼女たちの声は城の者には届いていなかった。

「勘弁しておくれよお嬢。王様を斬ったらあたしたちの首まで飛んじまう」

サナと呼ばれた女剣士は呆《あき》れた様子でそう言う。

するともう一人の仲間、魔法使いの少女マルティナもこくこくと頷いてそれに同調する。

勇者アリス、女剣士サナ、そして魔法使いのマルティナ。

女性のみで構成されたこの三人組が、王国周辺で名を轟《とどろ》かす勇者パーティ一行であった。

「でもあのおっさん！　テオを……！」

「わーってる、落ち着いてくれ。ひとまず国王陛下をおっさん呼ばわりするな。愛《いと》しのダーリンが心配なのは分かるけど」

「だ、だだだ誰が未来の旦那さまよ！　テオはそんなんじゃないわ！」

「いやそこまでは言ってないけど……」

はあ、と呆れたようにため息をつくサナ。

普段は頼りになるリーダーであるアリスだが、テオドルフが絡むとポンコツになることが多かった。

まあそんな可愛らしい一面があるのも魅力ではあるけどな、という言葉をサナは胸の内に留《とど》める。あまり調子に乗らせると面倒くさいことになるのは一緒に旅をしていく中で十分学んでいた。

「……誰か、来る」

今まで黙っていたマルティナがそう口にする。

アリスとサナは話を中断すると、こちらにやってくる人物に目を向ける。

その人物は整った顔立ちをした、黒髪の青年だった。

高そうな衣服に身を包み、上機嫌な様子で歩いてきた彼はアリスたちの前で止まる。

「久しぶりだなアリス。元気そうじゃないか」

フォルニア王国第二王子にして、テオを北の大地に送るようガウスに進言した張本人、ニルス・フォルレアンは意地の悪そうな笑みを浮かべながらそう言い放った。

彼を見たアリスは機嫌が悪そうに「ニルス……」と呟く。それが聞こえたニルスは眉をぴくりと動かす。

「ニルス『殿下』だろ？　俺たちは女神の力を賜った選ばれし者同士だが……俺は王族だ。平民のお前とは生まれからして違う。少しは敬意を払ったらどうだ」

「ふん。悪いけどあんたと話している暇はないの。私たちはあんたと違って忙しいからね」

「くく、口が悪いのは変わらないな。まあいい。そんなお前が従順になっていく様を見るのは楽しそうだ」

「言ってなさい」

アリスは吐き捨てるように言うと、ニルスに背中を向けて去ろうとする。

そんな彼女にニルスは言葉を投げかける。

「アリス、俺のものになれ」

「……は？」

突然の言葉にアリスは立ち止まり振り返る。

信じられない、なにを言っているんだといった表情をしている。

「俺はこの国の王になる。兄はどこを放浪しているか分からないし、あのお荷物も死の大地に送ってやったからな。統治するのは俺一人でも問題ないが……民からの信頼が厚いお前が側にいると楽になる。悪い話じゃないはずだ。お前だっていつまでも魔物退治なんてつまらない仕事をしたくないだろうしな」

その失礼な物言いに、アリスは目を細める。

それは彼女の怒りゲージが限界まで上がっている時の仕草であった。それを知っているサナは「やば」と内心焦る。相手はいけすかない相手ではあるが一応王子。手を出してしまえばお尋ね者になってしまうのは間違いない。

「お、おい落ち着……」

「安心しなさい、私は冷静よ」

口ではそう言っているが、サナの目からはそのように見えなかった。

またいつでも止められるようにしないと、とサナはすぐに飛びかかれるようにしておく。

「俺のもとに来いアリス。少し生意気なのが残念だが、お前は顔もいい。今なら俺の妾《めかけ》にしてやってもいいぞ。平民のお前にこんなチャンスは二度は訪れない、光栄に思え」

「……はあ、馬鹿もここまで来ると笑えてくるわね」

「なんだと？」

アリスの言葉にニルスは顔をしかめる。

彼は自分の提案が断られるとは心の底から思っていなかった。

「理由が分かんないみたいだから教えてあげる。一つ、私はあんたみたいなのが王様になれるとは思っていない。二つ、私は今の人を守れる仕事に誇りを持っている。よってそれを馬鹿にするあんたとは付き合えない。そして三つ、あんたみたいな人を見下すことしかできない自己中野郎と結婚するなんてまっぴら。鏡を見て出直しなさい」

「き、貴様……っ！」

すらすらと吐かれる暴言に、ニルスは顔を真っ赤にして怒る。

しかし彼をもっとも激高させたのは、次にアリスが言った言葉であった。

「そして四つ。私はテオについていく。どうせあんたもテオを追い出したのに加担してんでしょ？ならあんたも私の敵、一生分かりあうことはないわ」

「クソが……どいつもこいつもテオテオテオテオ言いやがって！　あの出来損ないのどこがいいんだ！」

叫ぶニルス。

すると彼の体から凄まじい魔力が放たれる。その魔力はあっという間に廊下を満たしアリスたちに浴びせられる。

しかしそれを受けてなお、アリスは冷静であった。

「ふうん。これがあんたの『ギフト』ってわけ？」

「お前に見せるのは初めてだったな。これが俺のギフト『大賢者』の力だ。莫大《ばくだい》な魔力と全ての属性を操ることのできる能力を俺は手に入れた！　俺は最強の魔法使いになったんだ！」

「……はあ。分かりやすく力に溺れているわね。なんで女神様はこんなのに力を与えたのかしら」

やれやれ、とアリスは首を横に振る。

ニルスはそれを見て更に激高し、手に魔力を集め始める。

「まだ俺の力が理解《わか》らないみたいだな……だったらこれで屈服《わか》らせてやるよ。超級火炎《ギガファイア》ァ！」

ニルスの手から放たれる、超高温の火球。それはまっすぐにアリスめがけて飛来する。

すると同時にアリスは駆け出し、腰に差している剣の柄をつかむ。そして火球が当たるその瞬間、剣を抜き放ちその火球を一刀両断してしまう。

「な……⁉」

「ギフト頼りの魔法なんか怖くないわ。どうせその力にかまけてまともに鍛錬もしていないんでしょ？」

アリスは吐き捨てるように言うと剣を収め、つかつかとニルスに近づく。

そして手が届く距離まで接近すると、右手を上に上げる。

「な、なにを……」

「二度と私に話しかけないで。不快よ」

そう言ってアリスは、ニルスの頬を思い切りビンタした。

「ひぶっ⁉」

パァン！　という炸裂音《さくれつおん》と共にニルスは吹き飛び、横の壁に激突、顔面がめり込んでしまう。

必死に壁に手を当て、ニルスはなんとか埋まった顔を出すことに成功するが、その頬は真っ赤に腫れ上がってしまっていた。それを見た仲間のサナとマルティナは思わず「ぷっ」と笑ってしまう。

「き、貴様《きひやま》、こんなことをしてただで済むと……」

「マルティナ、お願い」

アリスがそう言うと、その意図を理解した魔法使いのマルティナが魔法を発動する。

使用する魔法は「治癒《ヒール》」。マルティナの杖《つえ》から放たれた治癒の光は、ニルスの頬の腫れを一瞬にして治してしまう。

「これで証拠はなくなったわね。で、私がなにかしたかしら？」

「ふ、ふざけるな！　こんなので言い逃れできると思っているのか！」

「だったら言えばいいじゃない。振られた腹いせに魔法を撃ったら、返り討ちにされました。傷は治してもらったけど信じてください……ってね。ま、プライドの高いあんたには難しいかもしれないけど」

「ぐぐぐ……」

アリスの指摘は的を射ていた。

自尊心《プライド》が服を着て歩いているようなニルスには、このような惨めなこと、話せるはずがなかった。

「私は優しいからこれくらいで済ませてあげる。でもまたテオや私に手を出したら……覚悟しなさい。顔の形が変わるくらいじゃ済まさないから」

そう言ってアリスはニルスを睨みつける。

その気迫に圧《お》され、ニルスは「ひっ」と半歩後ずさる。

「サナ、マルティナ、行くわよ。もうここに用はないわ」

アリスは興味なさそうにそう言うと、二人の仲間を連れてその場を去ってしまう。

ただ一人残されたニルスは、顔に深い憎しみの色を浮かべ、一人呟く。

「許さないぞテオドルフ、アリス……貴様らは俺が絶望に叩き落としてやる……！」

第三章　村を発展させよう！

避難地でゴブリンを追い払った翌日。

僕はゴブリンキングから取れた大きな魔石を持って外に出ていた。

「自動製作《オートクラフト》、ゴーレム！」

ゴブリンキングの魔石を核として、土と岩が形を成していく。

現れたのはゴームと同じくらいの大きさのゴーレム。ずんぐりむっくりなゴームとは違い、こっちは大きいながらも引き締まっている感じだ。ゴブリンキングの体型とかなり近い。

「……」

その大きなゴーレムは立ったまま僕のことをじっと見る。

圧迫感に緊張していると、そのゴーレムはゆっくりと膝をつき、僕に向かって頭《こうべ》を垂れる。どうやらちゃんと僕のことを主人と認めてくれたみたいだ。

「おお……」

「凄《すご》い。言うことを聞くみたいだ」

「これは頼もしい……！」

一連の出来事を見ていた村の人たちが、感心したように話し始める。

ふう、緊張した。もしミスってしまったら呆《あき》れられていたかもしれない。領主としてしっかりしているところを見せないと。

「お見事ですテオ様。このゴーレムからは強い忠誠心を感じます。いい心がけです」

「ガウッ」

レイラの言葉にゴーレムは返事をする。

確かにこのゴーレムからは忠誠心を感じる。もしかしたら僕がゴブリンキングにトドメを刺した時の記憶が残っていて、それで認めてくれているのかもしれない。

ちなみにゴームは忠誠心っていうより家族の絆《きずな》って感じだ、このゴーレムから向けられる感情とは少し違う。

魔石が違うからゴーレムの特性も変わったのかな？　興味深いね。

「ガウ……」

新しいゴーレムはひざまずきながら、なにかを期待するような目を向けてくる。いったいどうしたんだろう？

首を傾《かし》げているとレイラが耳打ちしてくる。

「テオ様、おそらく彼は『名前』を欲しがっているのかと。テオ様はこのゴーレムの創造主、親も同じです。ぜひ名前を付けてあげてください」

「名前かあ。ゴームにも付けたし、確かにこの子にだけあげないのは可哀想《かわいそう》だよね」

名前名前……なにがいいだろう。

元がゴブリンキングだからゴブ○○とかがいいかなと思ったけど、それだと安直すぎるかな？

ゴームって名前を付けた僕が言えたことじゃないけど。

しばらく考えた僕は、一つの名前をひねり出す。

「そうだね……ゴブリンの時、大きな牙が立派だったから『ガルム』とかどう？」

確かなにかの神話に出てくる番犬の名前だったはずだ。

番人的な働きを期待してるし、合っていると思うけどどうだろう？

「ガウッ！」

その名前を聞き、新しい仲間ガルムは嬉《うれ》しそうに声を上げる。

良かった、気に入ってくれたみたいだ。

「それじゃあ早速最初の仕事をお願いしていい？　あ、あっちにいるゴーレムは君の仲間だから仲良くしてね」

「ガウッ！」

ガルムの頼もしい言葉に頷《うなず》いた僕は、避難地にあった家を解体して得た木材を使い、ある物を作る。

「自動製作《オートクラフト》……！」

無数の木材が組み合わさり、大きな馬車を一瞬にしてクラフトする。

その馬車の内装は物をたくさん入れるというよりも、人がたくさん乗れるようになっている。

「さ、乗ってください！」

外に集まってもらっていた人たちを、馬車の中に誘導する。

入るのは子どもに女性、お年を召した人など長時間歩くことが苦手な人たちだ。

「テオドルフ様、よろしくお願いいたします」

「はい、任せてください」

最後に村長のガラドさんを乗せ、馬車の中はいっぱいになる。二十人くらいは入れたかな？　村の人は全部で四十人なので残りの半分くらいの人には歩いてもらうことになる。

「それじゃあゴーム、ガルム、よろしくね」

「ゴーッ！」

「ガウッ！」

二人のゴーレムは任せろとばかりに声を上げると、馬車を引き始める。

当然ながら自動製作《オートクラフト》で作れるのは馬車部分だけ、馬は作れない。だからこの馬車はゴームたちが引いてくれる。

馬車ならぬゴーレム車だ。馬より疲れ知らずなのでゴーレムの数が増えたらこっちの方が流行《はや》るかもしれない。

いや、それより先に『自動車』を作れるか試すのも面白いかも。自動製作《オートクラフト》の可能性は無限大だ。

「よし、それじゃあ僕たちの家に行こうか。レイラ、お願い」

「お任せください」

レイラはそう言うと剣の柄《つか》をつかみ、目にも留まらぬ速さで剣を振るう。

するとと衝撃波が発生し、ズパッ！　と目の前の木々を一直線に切り倒してしまう。今の一回で百本近くは斬れてそうだ。

「凄い！　さすがだねレイラ！」

「お褒めにあずかり光栄です」

レイラは澄ました顔をしながらも少しだけドヤ顔をしている。

普段はクールな彼女だけど、こういう可愛《かわい》らしい一面もある。まあそんなこと口にして褒めた日にはどんな目にあわされるか分からないので口にはしないけど……。

「テオ様、お次はどうなさいますか？」

「あ、うん。まずは木を回収するね。次元収納《インベントリ》」

手を倒れている木に向けると、一瞬にして大量の木が次元収納《インベントリ》の中に収納される。木材はいくらあってもいいので非常に助かる。

「よし、それで次は……自動製作《オートクラフト》、街道！」

レイラが切り拓《ひら》いたところに石が敷き詰められ、一瞬にして街道が出来上がる。

これなら森の中でも馬車が走れる。後はこれを繰り返していけば僕の家までそれほどかからず帰れるだろう。

「道ができた⁉」

「おお……凄い」

「これも魔法なのか？」

「馬鹿、これは女神様のお力だよ」

「さすがテオ様だ！」

「ありがたやありがたや……」

村の人たちは口々に僕のことをそう讃《たた》えてくるので、なんだかむず痒《がゆ》い。

でも嫌われたり失望されたりするよりはいいか。こう思ってもらうのにも慣れないとね。

「それじゃあ出発します！　みなさんついてきてください！」

こうして僕は避難地にいた人々を連れて、自宅に帰るのだった。

◇◇◇

森の中を歩くこと約半日。

途中休憩を挟みながら歩き続けた僕たちは、目的地である僕の家へとたどり着いた。

「どうぞ、降りてください」

「は、はい」

「ここが私たちの新しい村……！」

村の人たちが馬車から降りて、辺りを見渡す。

結構長い間馬車に揺られていたけど、特に体調を悪くした人はいなそうだ。

「それじゃあ早速みなさんの住居を作りますね」

森の中を進みながら木材を回収したので、次元収納《インベントリ》には大量の木材が入っている。これを使えば家の十軒や二十軒、余裕で作れる。

「自動製作《オートクラフト》、家！」

木材があっという間に組み立てられ、一軒家が出来上がる。

家同士に距離が空くようにもう一軒、更に一軒と家を建てていく。ちなみに以前から領民が増えたらどうするかレイラと相談していたので、どういう区画で建てるかは考えてある。

それでも後になって、こうした方がよかったみたいなのは出てくるかもしれないけど、もし変更したくなったら簡単に作り直せるから、ひとまず仮でもいいのでどんどん建てていく。

みんなゴブリンとの戦いで疲れているはずだからまずはゆっくりしてもらわないと。

「おお……凄い！」

「こんないい家、村にいた頃でも住めなかったぞ！」

「家具もある！」

「ありがとうございますテオドルフ様！」

村の人たちはとっても喜んでくれた。

中には「うう、これで安心して暮らせる……」と泣き出す人までいる。それほど森での暮らしはつらく苦しいものだったんだろう。ここでの暮らしは幸せだと嬉しいんだけど。

「テオドルフ様……ありがとうございます。みな喜んでおります」

そう話しかけてきたのは村長のガラドさんだった。

「誰がどこに住むのかなどはこちらでやります。そしてみなの元気が戻り次第、この領地のために働かせていただきます」

「はい、よろしくお願いします」

ガラドさんには引き続き村の人たちのまとめ役をしてもらうことにした。ひとまずみんなにはここをちゃんとした村にしてもらって、その間に僕は更に住める土地を広げるという手はずだ。

人が増えたら村を街の規模にしたり、第二第三の村を作るのもいいね。

「畑仕事でしたら村の者たちも覚えがあります。見たところ立派な作物が採れるご様子。きっと力になれますでしょう。後は家畜でもいればその世話もできるのですが……残念ながら連れてくることはできず、全部村で逃がしてしまいました」

ガラドさんは申し訳無さそうに目を伏せる。

でもそれは仕方ない判断だと思う。動物を連れてあの森を歩くのはとても大変だ。羊とか牛とかがいれば色々便利だったけど、仕方ない。

「ひとまず今はそのようなところでしょうか。またなにかありましたらご連絡いたします。連絡役はアイシャに任せようと思っていますが、よろしいでしょうか」

「アイシャさん、ですか？」

「はい。彼女は若く利口な子です。頭の回転もわしなんかよりずっと早いですし、村の者たちにも好かれています。他の者よりテオドルフ様との距離も近いですし適任でしょう」

確かにアイシャさんなら僕も緊張せずに話せるかもしれない。

僕は「分かりました」とそれを了承する。

「……実はアイシャは流行り病で家族を亡くし、孤独な身なのです。このようなことを領主である貴方《あなた》にお願いするのは失礼と理解しておりますが……どうか良くしてやってください。よろしくお願いいたします」

ガラドさんはそう言って深く頭を下げる。

アイシャさんが一人なんて知らなかった。家族を失うつらさは僕もよく分かっているつもりだ。

断る理由はどこにもない。

「はい。もちろんです」

僕は胸を張ってそう答えるのだった。

◇◇◇

「ふう……疲れたし少し休もうかな」

家も建てたし、後のことは村の人たちに任せて大丈夫だろう。

そう考えた僕は、自分の家に向かう。実は結構疲れていてくたくただ。

自動製作《オートクラフト》は魔力を消費したりはしないけど、何度も使うと疲れてくる。今日だけでゴーレム、馬車、街道、そして家。大きな物をたくさん作ったので疲れてしまった。

ちなみに大きな物以外でも造りが細かい物も疲れる。大砲とかは複雑なので剣みたいなシンプルな物より疲れるんだ。

「それにしてもレイラはどこにいったんだろう？」

家に着いてからレイラの姿が見えなかった。

いつもなら疲れているのを察知してすぐ拉致……じゃなくて介抱してくれるんだけど。どこにも見当たらない。これはかなり珍しい。

「もしかしてレイラも疲れてダウンしちゃったのかな？　あまり想像つかないけど」

レイラは道中の木をバッタバッタと斬り倒していたので疲れていてもおかしくない。

どんなにハードな仕事が続いても汗一つかかないレイラがダウンしているとこなんて想像つかないけど、彼女も人間なのでその可能性はある。

心配しながら家の扉を開けると……そこには僕が予想だにしていなかった人物が立っていた。

「お、おかえりなさいませっ！　ご主人さまっ！」

「……アイシャさん？」

なんと僕を出迎えてくれたのはアイシャさんだった。

しかもなぜか彼女はメ、イ、ド、服を着ている。サイズが合わなかったのか胸の部分が少し張っているけど、とても似合っていてかわいい。

「ふむ、まだたどたどしいですが、愛情は感じられます。62点」

一連の様子を少し離れていたところで見ていたレイラが、アイシャさんを辛口に採点する。

いったいなにをしてるの……？

「レイラ。これはどういうこと？」

「実は彼女には目をつけていたのです、メイドの才能があるのではないかと。それで私の部下にならないかと打診したところ、こころよく引き受けてくださいました」

レイラはすました顔でそう説明する。

まさかそんなことをしてたなんて……。

「レイラさん。この服、小さくないですか……？」

「それしかサイズがないので、今はそれで我慢してください」

「うう、分かりました……」

レイラに要望をばっさりと切り捨てられ、アイシャさんは恥ずかしそうに納得する。

確かにサイズが小さくていいかがわしい服みたいになっている。見ているこっちもなんだか恥ずかしくなってくるよ。

「あの、アイシャさん。別に無理してメイドをやらなくても大丈夫ですからね。僕は領主として当然のことをしただけですので。無理に恩を返そうとしているなら大丈夫です」

一時の感情でやってもお互いいい結果にはならないと思うので、そう説得する。

だけどアイシャさんはふるふると首を横に振ってそれを否定する。

「それは違うよテオくん。私はレイラさんに誘われて嬉しかったの。私もテオくんを支えたいって思っていたから」

アイシャさんは真剣な表情でそう言う。

その目は嘘《うそ》をついているようには見えない。

「私はレイラさんみたいに強いわけでも、テオくんみたいに特別な力を持っているわけでもない。だからせめて、生活だけでもサポートしたいの！　家事のスキルだけならお母さんに叩《たた》き込《こ》まれたから少し自信あるし、邪魔に思ったら解雇していいから……お願い！」

アイシャさんはそう言って勢い良く頭を下げる。

まさかそこまで強い気持ちでメイドになったなんて。

「彼女のメイドスキルの高さは私も認めるところです、まだ粗はありますが……二週間ほどお時間をいただければお城で働けるレベルにまで引き上げます」

レイラが人を褒めるなんて珍しい。

ということはアイシャさんのポテンシャルは本物ということだ。

アイシャさんがいい人だっていうことは知っている、断る理由はないね。

「分かりました。それではこれからお願いしますアイシャさん」

「……ほんとっ⁉　ありがとテオくん、私頑張るね」

アイシャさんは眩《まぶ》しい笑顔をしながら僕の手をぎゅっと握ってくる。

レイラのスキンシップにはだいぶ耐性がついてきたけど、他の人に触れられるとまだドキドキしてしまう。

「あ。でもこれからはテオ様って呼ばなきゃだよね。それともご主人様？」

「今まで通りでいいですよ。いきなり距離が離れたら寂しいですし」

「テオくんがそう言うなら……分かった。じゃあ今まで通りに接するね」

「はい。よろしくお願いしますね」

こうしてアイシャさんが新しくメイドとなった。

これからもっと賑《にぎ》やかになりそうだ。

……と、そう思っていると繋《つな》いでいる手を遮るようにレイラが間に割り込んでくる。

そしてジッとアイシャさんのことを見つめて口を開く。

「テオ様が許可したことです、馴《な》れ馴《な》れしく呼ぶことは見逃しましょう。しかし過度なスキンシップは許可しません。主従の枠組みの範疇《はんちゅう》で接しなさい」

「は、はい」

レイラの圧に押されて、アイシャさんはこくこくと首を縦に振る。

そんな釘《くぎ》を刺さなくてもアイシャさんはレイラみたいにベタベタしてこないと思うんだけどなあ。

「当然夜一緒に寝ることも許しません。テオ様を起こすのも私の役目です」

「一緒に寝るって……そんなことしていたんですか⁉　ずるいです！」

アイシャさんの言葉にレイラは「ふふん」とドヤ顔をかます。こんな風に感情を分かりやすく表に出すのは珍しい。

それにしても僕と寝てもいいことなんてないと思うんだけど、なにをそんなに騒いでいるんだろう。もしかしたら温かくて気持ちいいのかもしれない。自分じゃ分からないけど。

「それでは今日は掃除と料理を中心に教えましょう。まずは……ん？」

仕事モードに入ったレイラがアイシャさんに物を教えようとするけど、レイラはなにかに気づいたように窓から外を見る。

「どうしたの？」

「外が騒がしい……なにかあったようですね」

「外が？」

僕は気になって家から出る。

すると確かに悲鳴のようなものが聞こえた。

もしかしてモンスター⁉　僕は気になり声のした方へダッシュする。

「資材は……あるね。なんとかなるはずだ」

次元収納《インベントリ》の中に収納されている物は自分で把握できるようになっている。

鉄はまだ少ないけど、木材と石はたくさんある。これらを組み合わせれば大型のモンスターともやりあえるはずだ。

当然自分が強いなんて思っていないので戦うのは最後の手段。まずは状況の確認が最優先だ。

「テオ様！」

走っていると村人の一人がこっちに焦った様子で向かってくる。

よほど急いで走ったのか息が荒い。

「なにがあったんですか？」

「お、狼《おおかみ》です！　大きな狼がやって来たんです！」

「狼？　それはモンスターですか？」

「ただの狼じゃなかったのでおそらくそうかと。すぐにゴーム殿が来たんですが、戦ってくれなくて……」

「ゴームが戦わなかった？」

おかしい。ゴームには村の人を守るよう命じてある。モンスターが現れたなら戦うはずだ。

僕はその人に「分かりました、後は任せてください」と言って、先に進む。

そして村の端っこまで走った僕は、ついにその狼を見つける。

美しい銀色の毛をした、大きな狼だ。その狼は対峙《たいじ》しているゴームから視線を外して僕を捉えると、大きな口を開いて言葉を発する。

『来たかテオドルフ！　待っておったぞ！』

狼は嬉しそうにそう喋《しゃべ》ると、ボン！　と姿を変える。

そして美しい女性の姿になると、目にもとまらぬ速さで僕のもとに駆け寄ってきて抱きついてくる。

「元気してたか！　ん、ん？　また頼もしくなったんじゃないか？　死線を越えたか？」

「ちょ、みんな見てますからやめてくださいよルーナさん、い、い、いルーナさん！」

大きな耳と尻尾を生やしたその女性はルーナさん。

昨日ここにやってきた伝説の狼、フェンリルだ。

ルーナさんは薄い布を一枚羽織っているだけなので、肌の露出が激しい。当然そんな状態で大型犬のごときじゃれつかれ方をされたら柔らかいものが色々当たる。非常にドキドキして教育に悪い。

「あ、あの！　他の人の目もあるのでちゃんと服を着てくれませんか？　作りますので」

「ふむ……あまり服を着るのは好きではないが、そこまで言うなら着てやらんこともない。他の者に我の柔肌を見られたくないというお主の気持ちを慮《おもんぱか》って、な」

にやにやと笑みを浮かべながらルーナさんは意地悪なことを言う。

否定すると逆にそれを認めたみたいになってしまうので、僕は「それでいいですよっ」と言って自動製作《オートクラフト》で服を作る。ローランさんから布を貰《もら》っておいてよかった。

「ふむ、まあこんなものか」

動きやすそうな服に着替えるルーナさん。

ふう、これでひとまず大丈夫そうだ。

「どうしたんですか今日は？」

「言ったであろう？　もっとよい礼をすると。今日はそれをしに来たのだ」

ルーナさんは野菜をおすそ分けしたお礼にオリハルコンと神狼《フェンリル》の加護をくれた。

正直それだけでも貰いすぎなのでこれ以上貰うのは申し訳ない気がする。でもお礼の中身はちょっと気になってしまう。断るにしても内容は聞いておこうかな。

「そ、そのお礼ってなんですか？」

「ふふ、欲しがりさんだなテオドルフは。いいだろう、さっそくあげるとしよう」

そう言ってルーナさんはその綺麗《きれい》な顔をゆっくりこちらに近づけてくる。

透き通った綺麗な瞳をしているな……などとのんきなことを考えていると、もう彼女の顔は目の前まで近づいてきていた。

あと少しで唇同士が触れ合ってしまう、そう気づいた次の瞬間、僕たちの間を切り裂くように斬撃が放たれる。

「離れなさいッ！」

その一撃を放ったのはレイラだった。

ルーナさんはレイラの剣閃《けんせん》を「おっと」と躱《かわ》す。そしてその隙をつきレイラは僕を抱きかかえルーナさんから距離を取る。

「泥棒猫……いえ泥棒狼でしょうか。国宝よりも貴重なテオ様の唇を奪おうなど不届き千万。万死に値します」

「ほう、面白い。やってみるがいい」

一触即発の空気。

レイラとルーナさんは今にも戦い始めそうだ。

ルーナさんの実力は知らないけど、伝説の狼『フェンリル』が弱いはずがない。レイラと互角かそれ以上の実力があるはずだ。

この二人が戦ったらせっかく形になり始めたこの村が壊滅するのは想像に難《かた》くない。絶対に止めないと。

「待ってレイラ！　この人は知り合いなんだ！」

僕はレイラにルーナさんのことを紹介する。

彼女は伝説の狼フェンリルであること。レイラがいない時に出会って顔見知りであるということ。彼女に敵意はなく、お礼をしに来てくれただけということ。

それらを全て聞いたレイラは「分かりました」と短く返事をする。

ほっ、良かった。分かってくれ……。

「つまりぽっと出の泥棒狼ということに変わりはないということですね。お礼と称してテオ様の艶《つや》やかで蠱惑的《こわくてき》な唇を奪おうとするとはなんと罪深い。極刑に値します」

「だめだ、分かってない……」

冷静な表情をしているけど、レイラは完全に暴走している。

ルーナさんも「なんだ。早くかかってこい」と楽しんでいるし収拾がつかない。

「ルーナさんもなにか言ってくださいよ！」

「分かった分かった、少し遊びすぎたな。いいだろう、説明しようじゃないか。我がテオドルフに口づけしようとしたのは『加護』の更新のためだ」

「加護……？」

レイラは首を傾げる。

当然レイラは僕が『神狼《フェンリル》の加護』を貰ったことを知らない。でも『更新』ってなんのことだろう。そっちは僕も把握してない。

「我は昨日テオドルフに加護を与えた、頰に口づけをしてな。だが加護はそう簡単に定着はせぬ。日を空け、繰り返し行うことでようやくその身に真に宿るのだ」

なるほど、そういうことだったんだ。

僕は納得できたけど、それを聞いたレイラは「テオさまの白磁の頰をすでに汚したとは……許せない……」と恐ろしい目をしながらバチギレている。

これ、どうやったら収拾つくの？

「それにいきなり加護の力を全て渡したら、体が耐えきれぬ可能性もある。まずは頰にキスをすることで少しだけ渡し、次は口から前回よりも多くの加護を渡す。我の先祖も昔から見込みのある人間にそうしてきた。ふふ、まさか我も加護を渡すに相応《ふさわ》しい者に出会えるとは思わなかった。諦めずに生きてみるものだ」

「……最期の言葉はそれで十分でしょうか？　終わったのなら始めましょう」

レイラは殺意マックスで剣を構える。

腰に手を回してそれを止めようとするけど、レイラの体幹は凄《すさ》まじく僕の力じゃ止まる気配がない。

どうしようと思っていると、ルーナさんが「くくっ」と楽しげに笑う。

「なにをそんなに怒っているのかと思えば妬《や》いておるのか？　お主もたいがい愛《う》い奴《やつ》だな」

「ち、違います。私はテオ様を守ろうと……」

「そう照れるな。主人の唇を先に奪われるのが嫌であるなら、お主が先に奪ってしまえばよい」

「なにを馬鹿なことを。理由もなくそのようなことができるわけ……」

「理由ならある。なぜならお主も『加護』を他人に与えられる資格を持っているからだ」

「な……っ⁉」

ルーナさんの言葉に僕とレイラは驚く。

女神様とフェンリルのルーナさんが加護を与えられるのは想像がつく。だけどレイラまでそれができるってどういうこと？

「見れば分かる。お主の強さは人間の域を超えておる。そういった人間には僅かだが『加護』の力が宿るのだ。そしてその力は我らと同じ様に他者に分け与えることができる」

「つまり私の力の一部を、テオ様に差し上げることができるということですか？」

レイラの言葉にルーナさんは頷く。

「ああ。ちなみに分け与えるには、その者のことを強く想《おも》ってなくてはいけないが……まあその点は心配しなくて良さそうだな。ほれ、我は順番など気にせぬからとっとと済ませるといい」

……なんだかとんでもないことになってきたぞ。

ルーナさんだけでなくレイラともキスを？　レイラだってそんな急にしろと言われても嫌だろうし……と思って彼女を見てみると、

「テオ様……優しくしてくださいね……」

既にスタンバイが終わっていた。

頭の位置を下げ、目を閉じて今か今かと待っている。あまりにも準備が早すぎる。

僕だって男の子だ。レイラみたいな綺麗な人とキスできるなんて嬉しくないわけじゃない。

でもこんな流れで、しかもレイラの気持ちを無視してなんてできるはずがない。

ちゃんとレイラの気持ちを確認しないと。

「レイラ？　嫌だったらやめていいんだよ？」

「嫌だなどとんでもございません。私はテオ様に仕えると決めたあの日から、身も心も全て貴方に捧げると決めました。テオ様がよろしければ……ぜひ私にもご寵愛《ちょうあい》をください」

「レイラ……」

……まさかここまで僕に尽くそうとしてくれているなんて。

見ればレイラの肩は少し震えている。

レイラも緊張しているんだ。ここは主人として腹をくくらないと。

僕は意を決して彼女の両手に手を置き、ドキドキしながら唇同士を触れ合わせる。

「ん……♡」

唇に柔らかい感触がして、レイラの口から甘い声が漏れる。

今の人生はもちろん、前世でも女性とキスをしたことなんてないので頭がおかしくなりそうになる。心臓もバクバクで爆発しそうだ。

唇を重ねること数秒。もう加護は移ったかなと思ってゆっくりと顔を離す。

やばい、顔が熱い。レイラは大丈夫かなと見てみると、彼女はキスをしていた時の顔から一切変わっていなかった。

「……ん？」

よく観察するとおかしい。

もう顔を離しているのにレイラはぴくりとも動いていない。

どうしたんだろうと更に観察した僕はあることに気がつく。

「き、気絶してる……」

なんとレイラは立ったまま気を失っていた。

まさかのことに驚く僕。一方ルーナさんは「ははっ！　ほんとに面白い奴だのう！」と楽しげに笑う。

「……」

身をかがめた姿勢のまま気を失い、動かなくなってしまったレイラ。

なんだか腰を痛めそうな姿勢だけど、鍛えているから多分大丈夫だろう。ひとまず放っておくことにする。

「さて、次は我の番かのう」

ルーナさんはそう言うと僕のことを見ながらぺろっと舌なめずりする。

その目はまるで獲物を見つけた肉食動物。捕食される側の気持ちを味わって背中がぞくりとする。

「え、えっと。昨日言っていたいいものっていうのは、もしかしてこのことなのでしょうか？」

怖くなった僕は時間稼ぎを試みる。

するとルーナさんは意外なことに「ああ、それはまた違う」と僕の問いを否定した。

「そうなんですか？」

「ああ。加護はもう与えているからな。少し順番が前後するが……まあいい。奴らももう待ちきれないようだし、先にこっちの顔見せをすませておくか」

「奴ら？」

ルーナさんの言葉に首を傾げていると、彼女は突然指をパチッ！　と鳴らして合図をする。

いったいなにをしてるんだろう。そう思っていると、近くの木の陰や草むらから複数の影が現れる。

「わんっ！」

「わうっ」

「はっはっはっ」

「わうーっ！」

「へっへっ」

「くぅーん……」

「わう？」

「るるる……」

「…………」

「え、え、どういうこと!?」

現れたのは九頭の狼たち。

体長は一般的な狼と変わらないくらい。大型犬より少し大きい感じでルーナさんの狼姿よりはずっと小さい。

だけどみんなルーナさんと同じく綺麗な白くてもふもふの体毛をしている。

この子たちはもしかして……。

「こやつらは我と同じ『フェンリル』だ。まだ幼い子どもだがな。ほれお前たち、これから世話になるテオドルフだ。しっかり覚えておけ」

「「「わふっ！」」」

子どものフェンリルたちはそう返事をすると僕のとこに駆け寄ってきてくんくんと匂いを嗅いでくる。

子どもとはいえ、フェンリルたちはそこそこ大きい。八頭に一斉に襲われた僕はもみくちゃにされてしまう。

「ちょ、落ちつい……わっ！　舐《な》めたらくすぐったいよ！」

「ははっ、早速モテモテじゃないか。少し妬けるな」

数十秒ほどもみくちゃにされた僕は、ようやく解放される。

ふう、大変だったけど、少し楽しかった。

実は僕は犬派なのだ。前世の子ども時代は犬を飼っていて、毎日のように散歩をしていた。

社畜時代も癒やしを求めて犬を飼おうか悩んだけど、結局忙しくてロクに世話ができないので諦めたなあ。

まさか生まれ変わってまた犬（正確にはフェンリルだけど）と一緒に生活できるようになるとは思わなかった。

「あの、この子たちはもしかしてルーナさんの子どもですか？」

「はは、気にしなくても大丈夫だ。この子たちはみな我が姉上の子どもだ。我に伴侶はおらぬよ」

「あ、いえ、そういうことを気にしたんじゃ……」

「恥ずかしがらんでもよい」

そう言ってルーナさんは笑い飛ばす。

うう、なんだか嫉妬したみたいで恥ずかしい。

「こやつらはたくさん食うが、仕事もできる。馬よりずっと速く走れるし、人の言っていることを理解し魔物を追い払ったり護衛することもできる。鼻が優れているから探し物を見つけることもできる。他にも……」

「大丈夫ですよルーナさん。みんなこの村に迎え入れますから」

「……そんなに簡単に決めて良いのか？　フェンリルはかなり珍しい。置けばトラブルのもとにもなりうるが」

「構いませんよ。この子たちもお腹《なか》を空《す》かせているんですよね？　困った時はお互い様です。それにこんなかわいい子たちを放っておけませんよ」

近くにいるフェンリルの顎をなでながらそう答える。

その子は「るるる……」と甘えたように喉を鳴らしている。だめだ、可愛すぎる。こんな子を瘴《しょう》気《き》に侵された大地に住まわせておくことなんてできない。

村の役にも立つみたいだし、村の人たちも反対しないだろう。

「……ふっ。やはりお主は我の見込んだ通りの雄だったようだ。千年この地で待った甲斐《かい》があったというものだ」

「そんな、大げさですよ。僕は当然のことをしているだけです」

「くくっ、そんなに我の好感度を上げたいか？　欲しがりな奴よ」

なぜかよく分からないけどルーナさんの僕への好感度が上がっているみたいだ。

嬉しい反面、少しだけ怖い。あまり上げすぎると食べられてしまいそうな感じがする。

「わんっ！」

「わっ⁉」

この村にいられることが分かって嬉しいのか、フェンリルたちがまたじゃれついてくる。

そのもふもふの毛をわしゃわしゃとなでてあげると、気持ちがいいのか僕も僕もとみんな催促してくる。

一頭だけその様子を遠巻きに見ているけど……あの子は人見知りなのかな？

あの子とも仲良くなれるといいけど。

「ちょ、みんな落ち着いて。ちゃんとみんな、なでるから……っ」

八頭のフェンリルにもみくちゃにされる僕。

犬を飼っていた頃の経験を活《い》かしてしばらくはさばけていたけど、とうとう飲み込まれて身動きが取れなくなってしまう。

もふもふ地獄に包まれてどうしようかと悩んでいると、突然ルーナさんに抱きかかえられて救出される。

「ぷは、ありがとうございます」

「構わんよ。それより……見せつけてくれるじゃないか。我を置き去りにして子どもたちとばかりたわむれおって。少し強めにマーキングしといた方が良さそうだな」

「へ？」

どういう意味ですか？　と口にしようとしたその唇が、乱暴に塞がれる。

「んむ……っ⁉」

先程レイラとしたものとは違う、強引で直情的なキス。

びっくりして体をじたばたさせてしまうけど、ルーナさんは僕の体をがっちりとつかんでいるためピクリともしない。

結局僕はされるがまま唇を奪われてしまう。

「……ぷは、危ない危ない。これ以上やると抑えが利かんくなってしまうな。まあこれくらいやれば加護はしばらく残るだろう。続きはまた今度にするとしよう、よいな？」

「ひ、ひゃい」

頭がまだぽーっとしているのでそう生返事をするのが精一杯だった。

ルーナさんはその返事に満足したのか、にっと笑うと下ろしてくれる。

「当然この子たちだけでなく、我もここに住む。これからよろしく頼むぞテオドルフ」

そう言って頼もしい笑みを浮かべるルーナさん。

こうしてまた、僕の領地に仲間が増えるのだった。

◇　◇　◇

――一週間後。

ルーナさんと九頭の子どもフェンリルたちはあっさりと村の人たちに受け入れられた。

そもそも村の人たちはフェンリルというものをあまり深く知らないから、珍しい狼くらいにしか思っていなそうだった。

まあでもそれくらいに思ってくれていた方が自然に付き合えるだろうから、無理に訂正はしなかった。ルーナさんも「これくらいが気楽でよい」って言ってたしね。

「フェンリルちゃんたち！　ご飯ですよー！」

アイシャさんが大きな声でそう言うと、子どもフェンリルたちが物凄いスピードで集まってくる。

そしてお皿によそわれた新鮮な野菜をガツガツと食べ始める。ルーナさんの言っていた通り凄い食欲だ。

「わ！　わ！　まだありますから慌てないで！」

「わんっ！」

アイシャもすっかりフェンリルたちに懐かれたみたいで、じゃれつかれている。

村の雰囲気も来る前より明るくなっているしいいことずくめだ。

まあ一点だけ気になることはあるけど……。

「………」

側頭部に突き刺さる視線。

頭を動かさずに視線だけそっちに移すと、そこには物陰からこちらをじっと見つめている子どもフェンリルの姿があった。

アイシャの出しているご飯にがっついているフェンリルは八頭。残りの一頭があの子だ。他の子よりも少しだけ小柄なあの子は、出会った時も僕から一歩引いた位置にいた。

「村の人とも距離を取っているみたいだけど大丈夫かな」

「あいつは昔からああなのだ。困ったものだ」

「わっ⁉」

突然横から誰かの声がして、僕は飛《と》び退《の》く。

そこにいたのはルーナさんだった。いつからいたんだろう。前からいましたみたいな感じで平然と僕の横に立っていた。

さすが狼、気配を消すのが上手《うま》すぎる。

「昔からというのはどういうことですか？」

「あの子は九頭の兄弟で一番下の子なのだ。瘴気に侵され弱っていた我が姉上は、あの子を産んで数日後に息を引き取った。フェンリルは長い時をかけて子育てをするが……あの子はほんの数日しか母の愛を受けられなかった」

そう語るルーナさんの目には深い悲しみが感じられた。

きっと子どもたちだけじゃなく、彼女もまだ完全にお姉さんの死を乗り越えられていないんだろう。

「我は精一杯母としての役目を果たそうとした。しかしいくら頑張っても完全に代わりにはなれぬ。あの子はとても『臆病』になってしまった。本当は人間に興味があるが、その一歩が踏み出せない。だからああして遠くから見ることしかできぬのだ」

「そうだったんですね……」

ちらちらとこっちを見てくるあの子は、確かにこっちに興味があるように見える。

まだ子どもだから遊びたい盛りなんだろうね。

「テオドルフ。これはもしよければの話なのだが……」

「はい、任せてください。あの子と友達になれるよう頑張ってみます」

そう答えるとルーナさんは驚いたように大きく目を開く。

「あれ、違いましたか？」

「いや……違わんよ。ここに来てくれたのがお主で本当によかった」

そう言ってルーナさんは僕の頰を優しくなでる。

僕を見つめるその目は母親のように優しかった。

「あの子は追いかけっこが好きだ。仲良くなるならそれが手っ取り早い」

「分かりました。どこまでできるか分かりませんが、やってみますね」

僕はそう言ってフェンリルの子にゆっくり近づき始める。

するとその子はびくっと体を震わせると僕から距離を取り、また物陰からひょこっと顔を出す。

完全に怖がっているなら姿が見えなくなるまで逃げるはず。やっぱりあの子も遊びたいんだ。

あの子と僕の距離はそこそこ離れているけど、声は届くはず。僕はその子に声を投げかける。

「ねえ、追いかけっこしようよ。僕が追いかけるから逃げて。場所はこの村周辺ね」

「………わうっ」

短くそう返事をしたフェンリルは、ダッと背中を向けて駆け出す。

どうやらこっちの意図は伝わったようだ。

「よし、やるぞ……！」

フェンリルを追いかけ、僕も走り始める。

身体能力はかなり低かった僕だけど、今はそこそこ強くなっている。

これはおそらくゴブリンキングを倒したおかげだ。この世界ではモンスターを倒すと、その生命力を取り込み強くなることができる。ゲームでいうと経験値みたいなものだ。

もちろんだからといってフェンリルに追いつけるほどの走力はないけど、僕には自動製作《オートクラフト》の力もある。この力はかけっこでも有利に働くはずだ。

僕は走りながら作戦を考える。

「ハッハハッハッ」

フェンリルの子どもは、村の中をまるで滑るように駆け抜ける。

全身のバネの強さが他の生き物とは段違いだ。

だけどその子は僕を突き放すのではなく、時々後ろを振り返りながら走っている。逃げたいんじゃなくてちゃんと遊びたいみたいだ。向こうも楽しめるように僕も頑張らないと。

「自動製作《オートクラフト》、土壁！」

フェンリルの行く手に壁を出現させる。

村の構造はよく把握している。どこを塞げば逃げ道を消せるかは織り込み済みだ。

このまま追い込めば……と思ったけど、フェンリルはぴょんとジャンプして家の屋根の上に乗ってしまう。

「さすがにそう簡単にはいかないよね。でも！」

フェンリルが乗っている家に向かって僕は走る。

あの子みたいにジャンプして家に乗るなんて無理だ。だけどそこに至る道を作ることはできる。

「自動製作《オートクラフト》、階段！」

石の階段が一瞬にして出来上がり、屋根までの道が完成する。

さすがに驚いたのか様子を窺《うかが》っていたフェンリルは「がう⁉」と声を上げたあと急いで逃げ出

す。

「いいよ、気が済むまでやろう……！」

地上に降りて逃走を始めるフェンリル。

僕はそれを追うことはせず、家の屋根の上で自動製作《オートクラフト》を発動する。

次に作ったのは空中の歩道。屋根と屋根の間を繋ぎ、中間部分を支柱で支えている簡素な歩道だ。道は途中で分岐させせたり新しく延ばしたりできる。これなら障害物に邪魔されずフェンリルを追跡できる。

「ここだ！」

空中を走ってフェンリルの上に到達した僕は、狙いを定めて空中歩道から飛び降りる。

だけどそれを察知したフェンリルは急加速して僕の飛びかかりを回避した。

「お、自動製作《オートクラフト》、ベッド！」

地面に激突する直前、ベッドを出して着地する。

ふう、少し無茶しすぎたかもしれない。怪我《けが》したら大変だし気をつけないとね。

「ハッハハッハ……」

フェンリルは着地した僕を、少し離れたところから期待したような目で見つめていた。

どうやら楽しんでくれているみたいだね。期待を裏切らないように頑張らないと。

「よし、行くよ！」

「わふっ！」

その後も僕たちは村の中を駆けずり回った。

あらかじめ道を塞いでおいてそこに追い込んだりもしたけど、この子はとても賢くてすぐに気づいて罠《わな》を回避した。

「ふう、ふう、さすがに疲れてきたね……」

気がつけば追いかけっこを始めて一時間は経過していた。

いくら前より体力がついているとはいえ、息が上がってくる。

それは向こうも同じようで息が荒くなっているのが見て取れる。そろそろ休憩した方がいいかな
……そう思った時、事件《それ》は起きる。

「わうっ⁉」

屋根の上を走っていたフェンリルが、足を滑らせる。

そしてそのまま数メートル下への地面へ落下してしまう。

元気であれば空中で姿勢を制御して着地できるだろう。でも今その子は疲れている。このままだと怪我をしてしまうかもしれない。

僕は疲れてピクピクしている足に鞭《むち》を打って駆ける。

「自動製作《オートクラフト》、ジャンプ台！」

作ったのは大きなバネを内蔵したジャンプ台。

斜めに設置されたそれに両足を乗っけると、バネが勢い良く解き放たれて僕は急加速する。

「間に合え……！」

僕は勢いそのままに空中のフェンリルに抱きつく。そして地面に激突するより早く、次の物を作り出す。

「自動製作《オートクラフト》、ベッド（大）！」

二人は余裕で寝られるキングサイズのベッドを作り出し、僕とフェンリルはそこにぼふっと着地する。大きいだけあって弾力も普通のベッドより高い。衝撃は全て受け止められ安全に着地することができた。

「大丈夫？　怪我とかない？」

体を起こして、フェンリルの様子を見る。

見たところ目立った怪我はないし、痛そうにもしてない。

大丈夫かな、と思っているとフェンリルが僕の顔をぺろっと舐める。

「わっ、くすぐったいよ」

「わふっ、わふっ」

じゃれあうように舐めたり頭を擦《こす》り付《つ》けたりしてくるフェンリル。

そういえば実家で飼っていた犬もこんな風に甘えてくることがあったっけ。その時のことを思い出しながら、僕はフェンリルの頭や首をわしゃわしゃとなでる。

「すっごいふわふわの毛だね。それなのにまるで絹のようになめらかだ。いくらでも触ってられるよ」

「わふっ」

褒められたのが嬉しかったのか、フェンリルはお腹を見せてもっとなでてと伝えてくる。

そのお腹をわしゃわしゃとなでていると、ルーナさんが近づいてくる。

「追いかけっこは終わったようだな。それにしてもずいぶん懐かれたものだ。フェンリルたらしの素質があるな」

「なんですかそれ。僕たちは友達になっただけですよ」

そう言うとフェンリルも「わんっ」と肯定するように吠《ほ》える。

心が通じているみたいで嬉しい。

「そうだテオドルフ。その子に名前をつけてくれぬか？　お主であればその子も喜ぶだろう」

「へ？　この子名前がないんですか？」

「フェンリルは同族同士を名前で呼ぶことはない。我らは人や神と深く接する時に初めて名前をつけられる。我も名前がついたのは生まれてからしばらく経《た》ってのことだった」

なるほど、そうだったんだ。

名前がないと人間の世界じゃ不便だ。フェンリルは九頭もいるし名前は絶対にいるね。

「……でも急に言われてもすぐには思いつきませんよ」

「別に思うままつければよい。我もまるで月のように美しいから『ルーナ』と名付けられた。お主もその子に抱いたイメージを名前にすればよい」

「イメージですか」

僕は考えながらこの子の毛をなでる。

足の速さも印象的だけど、やっぱりこの綺麗な毛が一番印象に残る。だったら……。

「絹のような手触りの毛なので『シルク』とかどうでしょう？」

「ほう、いいじゃないか。お前はどうだ？」

ルーナさんがフェンリルに尋ねると「わんっ！」と元気に返事をした。

どうやら気に入ってくれたみたいだ。

「ふう、ほっとした。名前をつけるのって緊張しますね」

「くくっ、なにを安心しておる。まだお主の役目は残っておるぞ」

「え？」

ルーナさんの言葉であたりを見渡す。

するとベッドの側《そば》に他の八頭のフェンリルも集まっていた。そして全員が期待に満ちた目で僕のことを見つめている。これってもしかして、

「みなお前に名前を貰いたいみたいだ。ちゃんと考えてやっておくれよ」

「うう、頑張ります……」

僕は結局その後うんうんと頭を悩ませながら、残り八頭のフェンリル全ての名前を考えた。

一番体の大きな長女、ヴェンティ。

立派な牙を持つ長男、バイト。

鋭い牙を持つ次男、クロウ。

身軽で足が速い次女、プリン。

一番もふもふしている三男、カール。

甘いものが大好きな甘え上手の三女、ベリー。

好奇心旺盛な四男、ルーク。

落ち着いている優等生な五男、ロック。

そして引っ込み思案だけど実は甘えん坊な末っ子のシルク。

これで全員名前をつけ終わった。

ふう……凄いプレッシャーだったけど終わってホッとした。

フェンリルたちは僕の付けた名前に喜んでくれている。その姿を見ると嬉しい。

「みんなの名前を村の人たちにも伝えないとね。どうしよっかな」

フェンリルたちはそれぞれ体に特徴があって見分けはつく。だけど別々で行動していたらどの子が誰だか分からなくなる人はいるだろう。

なにか見分けがつくようにできればいいけど。

「うーん、首輪と名札をつけると分かりやすいかな。でも嫌がるかもしれないよね」

「いや、別に気にせんぞ」

僕のひとり言に答えたのはルーナさんだった。

この人は僕が名前をつけている様子を楽しそうにずっと観察していた。

「お主が作った物であれば、むしろ喜ぶであろう。縄で繋ぎでもしないなら首輪くらい構わん」

「そうですか？　ルーナさんはこう言ってるけど、みんなは本当に欲しい？」

フェンリルたちに尋ねると、彼らは元気良く「「「わんっ‼」」」と答える。

キーンとする耳を押さえながら、僕は笑ってしまう。

「ふふっ、分かった。じゃあ作るね」

革と鉄を素材として首輪。少量の木を素材として名札を作る。

名札にはもちろんそれぞれの名前を彫ってある。これはクラフトする時に念じたら自動で彫ってもらうことができた。自動製作《オートクラフト》は結構融通が利く能力なのだ。

ちなみに名札の裏にはこっそりその子が好きな食べ物を彫っておいてあげた。こうしておけば村の人たちももっとフェンリルたちと仲良くなれるよね。

「これでよし、と。どう？　苦しくない？」

「わうっ！」

全員に首輪をつけると、フェンリルたちは嬉しそうに吠える。

そしてその大きくてもふもふの体をゴシゴシと僕に擦り付けてくる。彼らなりの愛情表現みたいだ。フェンリルの毛は温かくて肌触りが良くて気持ちいい。この毛で服が作れたらいいのにと思ってしまう。

「みんな、うぷ、もうだいじょ」

「なにをやっとるんだ。ほれ、こっちに来い」

フェンリルたちの毛に溺れていると、見かねたルーナさんが助けてくれる。

一頭ならまだしも、九頭にじゃれつかれると毛の中に完全に埋もれてしまう。気持ちがいいからついつい逃げ遅れてしまうのがやばいね。気をつけないとフェンリルで溺死してしまうかもしれない。

「感謝するぞテオドルフ。こんなに楽しそうなこの子たちを見るのは久しぶりだ」

「いえ、僕の方こそありがとうございます。シルクたちのおかげで村はもっと明るくなりますよ」

そう素直に答えると、ルーナさんは「ところで」と言って想像もしていなかったことを続けてくる。

「我の分の首輪はないのか？　仲間はずれは寂しいな」

「ええ⁉　いや、ルーナさんは人の姿をしているじゃないですか！」

ルーナさんは基本人の姿で暮らしている。

首輪なんてつけたら村の人たちにどう思われるか、考えるだけで恐ろしい。

「他の者の目など気にせんでよい。ほれ、つけてよいぞ」

そう言ってルーナさんは屈《かが》んで首を近づけてくる。

白い肌がまぶしくてドキドキする。

「ちゃんと我が『誰のもの』か周りの者に知らせるいいチャンスだ。名札に『テオドルフのもの』と彫ってもよいぞ」

「そ、そそそんなことできませんっ！」

そう言って僕は逃げ出す。

ルーナさんには翻弄されっぱなしだ。からかっているだけで本気じゃないだろうし、本当に困った人だ。

◇　◇　◇

「これで最後、と」

目の前に作られた階段を次元収納《インベントリ》の中に収納し、僕は一息つく。

これでシルクとの追いかけっこで作った物の数々は全て片付けることができた。

「後はしまったものを素材に戻して……よし。これでいつでも再利用することができるね」

僕は次元収納《インベントリ》内の物を素材に戻すことができるようになっていた。

自動製作《オートクラフト》はゲームみたいな能力だけど、ゲームシステムみたいに決まり《ルール》がガチガチに縛られた能力じゃない。使用者の想像力に依存している能力なんだ。

僕ができると思ったことはできるようになり、無理だろうなと思ったことはいつまでもできない。柔軟な発想がないとその真価は発揮できないんだ。

だから使っていく内に「あれもできそうだな」と思ったらなんでも試してみることにしている。

一回成功すれば次からも上手《うま》くいくからね。

とまあ自由な能力の自動製作《オートクラフト》だけど、もちろん不可能なことはある。

それは希少な素材で作られた物の分解。オリハルコンのナイフや神金属《ゴッドメタル》で作られた神の鍬《くわ》はどう頑張っても元に戻せない。

どうやら素材同士の結合力がかなり強いみたいだ。希少な素材の使用にはこれからも慎重にならないと駄目だね。

「確か村の近くに鉱山があったはず。鉱石はなにかと必要だからいつか行かないとね。あと領民ももっと増やしたいな。手先が器用な人も欲しいし……」

必要なものを指折り数えながら家に帰る。

やることは山盛りで大変だけど、楽しいから苦にならない。ここをもっと多くの人が快適に住める領地にしたいな。

「ただいまー」

「お帰りなさいませテオ様。お待ちしておりました」

家に帰るといつも通りレイラが出迎えてくれる。

キス気絶事件があってからは少しだけ距離を置かれていたけど、半日もしたらいつも通りに戻っていた。心なしか僕を見る視線の湿度が上がっているような気がするけど……きっと気のせいだろう。

「テオ様が留守の間に、手紙が届きました。こちらです」

「手紙？　誰だろう」

手紙を送ってくる人物の心当たりは少ない。

父上や兄のニルスではないだろう。あの二人は僕に興味がないはずだからね。

でも昔の知り合いは僕がここにいることを知らないだろう。となると考えられる候補は一人に絞られる。

「やっぱりローランさんだ」

その手紙の封蠟《ふうろう》に押されたシンボルを見て、僕は呟《つぶや》く。

狐《きつね》が走る姿のそのシンボルは、獣人で構成された商会、ベスティア商会のものだ。獣人は大雑把に身体能力に秀でたものと、聴力や視力などの感覚に秀でたものに分類される。

ベスティア商会にはそのどちらも所属しており、荷物運搬などは前者、交渉などは後者が担当しているという。

かつて獣人差別が横行したせいで、まだ人間と獣人の間にはわだかまりが残っている。だから獣人は獣人同士で働いた方がトラブルが少なくていいらしい。

みんなで仲良くできればそれが一番いいと思うんだけど……まあそう上手くはいかないんだろう。異世界《ここ》より文明が発達した地球ですら差別をなくすことなどできなかったんだから。

「えーと……四日後にこの村に来てくれるんだって。前に頼んだものも色々用意してくれているみたい」

ローランさんとはここに来たての頃に出会い、色々取引した。

ここで採れた野菜を気に入ってくれたので、また取引したいと言っていた。今はあの時よりもたくさん野菜があるので、いっぱい買い取ってもらおう。お金はたくさんあるにこしたことはないからね。

「お客人が来るのであれば、お出迎えの準備をしなければいけませんね」

「そうだね。あの時より村もずっと大きくなっているから驚くだろうなあ」

あの時はまだ家は一軒で、畑も小さかった。領民もレイラとゴームだけ、とても村と呼べる状態じゃなかった。

だけど今はそこそこの大きさの村にはなっている。一月《ひとつき》も経過しない間にここまで発展していたらびっくりするだろう。

「あ、そうだ。せっかくだからもっと村を改造してお出迎えしたら驚いてもらえるかな？　大きな門とか作ったりしてさ」

「それはよいかもしれませんね。ここが発展すればするほど、テオ様の威光、素晴らしさを他の者も知ることになるでしょう」

「いや別に僕はすごくないけど……まあ乗り気ならいいや。それじゃ明日はみんなで村を改造しようか」

「はい。全身全霊でお手伝いさせていただきます」

レイラは頼もしくそう言ってくれる。

さ、明日は頑張らなきゃいけないし、そろそろ寝ようかなと思ってベッドに行こうとするとレイラが僕の前に立ちはだかる。

ジトッとした視線で僕を見るレイラ。なんだか背中がぞくっとする。

「後はもう寝るだけですし、加護を定着させる作業をしましょうか」

「え」

レイラは座っている僕の肩を両手でがしっとつかむ。

しかもいつの間にかレイラはメイド服を脱ぎ、シルクのネグリジェに身を包んでいた。布面積が少ない上に、生地が透けているのでレイラの綺麗な体の曲線がよく見えてしまう。

「い、いやレイラ。もう加護は貰ってるよ。大丈夫大丈夫」

鑑定で自分の体を見た結果、僕には新しく『剣聖の加護』が宿っていた。

動体視力、身体能力の向上。武器使用能力の向上。更に経験値ボーナスとかなり有用な加護だった。これのおかげで、てんでダメだった剣の扱いも少しは良くなった。

やっぱり加護の効果は凄い。

「ルーナが言っていたではありませんか。加護は定着するのに時間がかかると。私の加護がテオ様から離れてしまうのは困ります。それはすなわちテオ様の安全が脅かされるということ、それだけは絶対に避けなければなりません。私もテオ様の麗しく艶やかな唇を奪うことに罪悪感は覚えます。それと同時にそれを侵す背徳感も……こほん、今のは気にしないでください。とにかく私に下心はなく純粋にテオ様の身を案じての行動だとご理解ください。もちろんテオ様と触れ合えることは至上の喜びではあります。しかしそれとこれとは話が別。決して私情でこのような暴挙に及んでいるのではありません。それに先の一件では不甲斐《ふがい》ないことに気を失ってしまいました、これでは加護もあまり宿っていないはず。あれからイメージトレーニングを積みましたのでもう気を失うことはありません。天井の模様を見ている間に終わりますのでどうぞ安心してください」

「長い！　聞ききれないよ！」

超絶長い言い訳をレイラは淡々と口にする。

彼女なりの照れ隠しなんだと思うけど、怖い。放っておいたら一日中言ってそうだ。

まあでも彼女の言っていることも一理ある。加護を失ってしまうのは怖い。唇を重ねることでそれが防げるのであれば、それくらいはやるべきだ。すごく恥ずかしいけど、僕は覚悟を決める。

「えっと、その……優しくしてね？」

上目遣いでそう言った途端、レイラの額から「ブチッ」となにかが切れるような音がする。

なにか大切なもの、例えるならそう『理性』が壊れたような音。レイラは無表情で僕の目を見つめたまま口を開く。

「テオ様が悪いんですからね。一時間で終わらせようと思っていましたが、それでは済ませませんん」

「ひっ、んむっ⁉」

抱き寄せられて乱暴に唇を奪われる。そして加護を上書きするように、何度も唇を離しては重ねてくる。

「ちゅ、んむ……っ♡」

「――――っ⁉」

なんとレイラは容赦なく舌を口の中に入れてくる。

初めて経験する大人のキスに、脳が痺《しび》れるほどの衝撃を受ける。あ、頭がおかしくなる……。

「テオ様、こちらへ」

「ふあ……」

レイラに連れられ、僕はベッドのある部屋まで移動する。

ベッドに座るレイラの膝の上に彼女と向かい合うように座らされる僕。気分はまな板の上の魚だ。後は美味《おい》しく調理されていただかれるだけ。抵抗は無意味だ。

「安心してください。痛くはしませんから――」

こうして僕は、されるがままにたくさんの加護を貰ってしまうのだった。

◇　◇　◇

翌日。

僕はローランさんたちを出迎えるために準備を始めた。

やっぱりインパクトは大事だよね。アイディアは色々あるから一通り試してみたいな。

まあそっちは後でやるとして、今は他にもやることがあった。

「これで全員？」

「はい。ここにいる者たちが兵士志願の者たちです」

僕の問いにレイラが答える。

今僕は練兵場にいる。ここには木で作られた武器や、試し斬りするための的《まと》などが置いてある。

ここで兵士志願の人たちはレイラの指導のもと訓練を受けているんだ。

並んでいるのは若者を中心とした十人の男性たち。みんなもちろんモア村出身の人たちだ。

そして彼らはレイラの地獄のしごきを耐え抜いた人たちでもある。少し前まで普通の村人だった彼らだけど、少し見ない間に顔つきが精悍《せいかん》になっている気がする。いったいどれだけキツい特訓を受けたら短期間でこんなに変わるんだろう？　考えるだけで怖くなる。

今回はそんな彼らを労《ねぎら》う意味も込めて、僕はここに来たんだ。

「みなさん、まずは危険な兵士に志願してくださりありがとうございます。とても感謝しています。今は村の防衛はゴーレムたちがやってくれていますが、みなさんのお力も必要になる時が来ると思います。その時のためにも今日はみなさんに『装備』をお渡ししに来ました」

僕はそう言って兵士の一人に近づき、彼らを観察する。

そして体の大きさを目で測り、力を発動する。

「自動製作《オートクラフト》、金属鎧《よろい》！」

次元収納《インベントリ》の中にしまってある金属と革を消費し、鎧を作り出す。

その鎧は兵士の人が着ている状態でできあがる。うん、見た目はジャストフィットだ。

「な⁉　これは鎧⁉」

「はい。大きさは大丈夫ですか？　動かしてみてください」

兵士の人はガシャガシャ音を立てながら体を動かす。

パッと見たところ動きづらそうには見えない。

「大丈夫です！　こんな立派な装備をいただけるなんて……ありがとうございます！」

立派な兵士の格好になった彼らは、みんな喜んでくれた。

これから自分の身を危険に晒《さら》すんだ。だからこれくらいの事はして当然だと思ってたから、こんなに喜んでもらえるなんて思わなかった。

「えっと次は武器を作りますね。なにか希望の物があったら言ってください」

「はい！　では私は『槍《やり》』をお願いします！」

そう言って手を挙げたのはジャックさんだった。

彼は僕がモア村避難地に行った時、僕を敵だと勘違いして槍を向けてきた人だ。成人男性な上に筋肉もそこそこあると、村人の中ではかなり兵士適性が高い。志願してくれたのは助かるね。

「自動製作《オートクラフト》、槍！」

木材と金属を消費して、槍を生み出す。

うん、中々いいできだ。洗練されてて無駄のないデザインをしている。

「ありがとうございます！　早速試し斬りしていいですか⁉」

「はい。もちろんいいですよ」

ジャックさんは新しいおもちゃを貰った子どものようにワクワクした顔をしている。

僕は他の兵士の人の武器を作りながら、ジャックさんの試し斬りを横目で見る。

「よし、ここを狙うか」

練兵場の地面に刺さった的である木の柱。その中心部にジャックさんは槍の穂先を当てる。

そこに狙いをつける為《ため》、軽く傷をつけようとしたみたいだけど……なんと槍はそのままスッと木の柱を貫通してしまう。

「え、えええええ⁉」

大声を出して驚くジャックさん。凄い、これは僕も驚きだ。

「テオドルフ様⁉　この武器どうなっているんですか⁉」

「あれ？　特別な素材は使ってないんですけどね……」

前にも武器は作ったことがあるけど、ここまでの切れ味はなかったはず。

変わったことがあるとすれば、僕が自動製作《オートクラフト》を使うのに慣れたくらいだ。もしかしたらそのおかげで作る物の性能も上がっているのかもしれない。

「わ！　木が簡単に斬れた！」

「おまけにめっちゃ軽くて使いやすい……」

「ぎゃあ！　石までさっくり斬れたぞ！」

試し斬りをする他の兵士の人たちも口々に武器の性能に驚く。

良かった。これならモンスターが現れても対等に戦えそうだ。防具の性能も良さそうだし、みんなの生存率もグンと上がったことだろう。

「これならどんなモンスターが現れても勝てますよテオドルフ様！　ありがとうございます！」

「ほう……そうですか」

ジャックさんの言葉に、レイラがそう反応する。

するとと今まで浮かれていた兵士たちがピタリとはしゃぐのを止《や》める。心なしか気温が低くなったように僕も感じる。

「でしたら訓練のレベルを上げても大丈夫そうですね？　大きな口を叩いたのですからきっちりとついてきてくださいね」

「ひ、ひいっ！」

レイラの恐ろしい言葉に震え上がるジャックさんたち。

ま、まあレイラもああ言ってるけどやりすぎることはない……よね？　僕は若干の申し訳無さを感じつつもその場を去る。

「装備もできたし、建物ももうすぐ完成する。後は……そうだ、あの秘密兵器もそろそろ完成させないとね」

ローランさんたちが来るまであと少し。僕は急いで準備を進めるのだった。

◇　◇　◇

北の大地に続く道を進む、一台の馬車があった。

その馬車の側面に描かれているのは地を駆ける狐のエンブレム。それは獣人を中心に構成された商会、ベスティア商会のものであった。

通常、馬車にこのようなエンブレムが描かれることは少ない。

それは盗賊に自分の身元を明かすような行為であり、商会にとっては「この馬車には金目の物がある確率が高いですよ」と自己紹介するようなものだ。

しかしベスティア商会がそうすると、盗賊は向こうから避けてくれる。

なぜならベスティア商会はなによりも仲間を重んじるからだ。商会には報復部隊まで存在し、運悪くベスティア商会を襲った盗賊団は一つ残らず殲滅《せんめつ》されている。

もちろんベスティア商会以上の戦力を持った盗賊集団は存在する。しかしそんな彼らからしてもベスティア商会は進んで戦いたくない厄介な集団なのだ。

「ローランさん。本当にこっちの道で合っているんですか？」

御者台に座る獣人の女性が、不満そうに声を出す。茶色い髪と折れ耳がかわいらしい犬型の獣人だ。彼女もまたベスティア商会の者であった。

馬車は道とは呼べないような荒野を走っている。草木は枯れ始め、人の気配など一切ない。

彼らの向かう先は死の大地と呼ばれる場所。瘴気に侵されたその大地は、生命の存在を許容しない。

「合ってますよアン。もう少しですから頑張ってください」

先輩にそう言われ、彼の後輩である彼女は「はい……」と小さく呟く。

ベスティア商会は実力主義。先輩であり営業成績も高いローランにアンは頭が上がらなかった。

「本当にこっちに村なんてあるのかな？　とても人が住めるような土地には見えないけど……」

北の大地に人が住めないのは常識である。

ローランが嘘をついているとは思えないが、到底信じられることではなかった。

「あ、なにか見えてきた。ローランさん、あれがそうですか？」

「どれどれ……ん？」

アンの指差す先を見たローランは不思議そうな声を出す。

それは彼の知っている見た目とはずいぶん違っていた。

彼が来た時、まだ家は一軒しか建っておらずその横に小さな畑があるだけだった。

ローランはテオドルフを高く評価していた。まだ彼と別れて一月も経っていなかったが、彼の能力があれば、村と呼べるレベルにまで発展しているのではないかと思っていた。

だが実際の結果は……それ以上であった。

「そんな馬鹿な……！」

そこにあったのは立派な門であった。王国に存在するのと同じか、下手したらそれよりも立派で堅固なものであった。そしてその門から広がるように高い城壁が横に延び、村を囲っていた。

まるで要塞都市。とても少し前まで家が一軒建っていただけの場所には見えない。

「ローランさん⁉　これどういうことですか⁉」

「わ、私だって分かりませんよ！」

想定外の事態に焦りを隠しきれないローラン。

いつもは不敵な笑みを崩さず、取引相手を手玉に取る彼だが、今は余裕が消え失《う》せていた。先輩のそんな姿を見るのは初めてだったアンは、これがどれだけ異常事態なのかを察する。

「近づいていいんですよね？」

「門の上からこちらを見ている者がいます。今更逃げるわけにはいかないでしょう……」

立派な門の上には立派な砲台がいくつも見える。あれに背を向けて逃げる勇気はローランにはなかった。それにこちらから行くと手紙を送ったのだ。それを反故《ほご》にしては義に反する。

商人は金と約束をなにより重んじるのだ。

「行ってください。大丈夫……なはずです」

「うう、なんでこんな目に」

涙目でアンは馬に指示を出し、前進する。

そして門の前に到着すると、綺麗な鎧に身を包んだ兵士が馬車に近づいてくる。その兵士は手に上等な槍を握っており、動きも機敏だ。

地獄を何度もくぐり抜けたかのような精悍な顔をしており、歴戦の兵士であることを窺わせる。

（いつの間に兵士を雇ったのでしょうか？　避難民の中にこのような兵士がいるとは思えませんし……）

ローランは頭を捻《ひね》るが、正解にはたどり着けない。

まさか彼がレイラの地獄の特訓を受けた元避難民であるとは、彼は夢にも思わなかった。

「初めまして、ベスティア商会所属のローランと申します。今日はテオドルフ様とお約束がありまして参ったのですが……」

「はい、お待ちしておりましたローラン様、お話は伺っております。中にお入りください、テオドルフ様がお待ちです」

そう兵士が言うと門がギギ……とゆっくり開き始める。

門を開けているのは二体の大きなゴーレムだった。

一体はローランが以前見たことのある個体だが、もう一体の背中にナタを装備したゴーレムは初めて見る個体だった。

この短時間でまたあれほどのゴーレムを作ったのか？　ローランは頭が痛くなりながら門の内側を観察し始める。

「はは、夢でも見ているんですかね……」

――――なんということでしょう。

かつて家が一軒だけ建っていたその場所には、立派な『街』ができていました。

匠《たくみ》の手により瘴気は取り除かれ、立派な家が何軒も立ち並んでいるではありませんか。

道は整備され、噴水から水が出て、公園では子どもたちが遊んでいるではありませんか。

「ろ、ローランさん」

「私になにを聞いても分かりませんよ。進んでください」

先輩に冷たく言われ、アンは渋々馬車を進める。

門番に案内され着いたのは、街の中でもひときわ大きい『屋敷《やしき》』であった。二階建てのその建物は貴族でもそうそう住めないような立派な建物であった。

馬車が止まると、扉が開き一人の少年が出てくる。

艶やかな黒髪に、整った顔立ち。そして十三歳とは思えない落ち着いた雰囲気。その人物こそローランが会いに来たテオドルフ・フォルレアンその人だった。

「よくいらっしゃいました、ローランさん。さ、中へどうぞ」

「は、はい。ありがとうございます、テオドルフ様」

冷静を装うが、ローランの背中は汗でびっしょりだった。

まるで魔王城にでも向かうような気持ちで、ローランとアンはその屋敷の中に足を踏み入れる。

「こちらです」

「は、はい」

屋敷の中を案内されるベスティア商会の二人。

ローランは目立たないようにちらちらと、アンは呆気《あっけ》にとられたように周囲を見回す。

このような短期間で屋敷が建つなどあり得ない。もしかしたら豪華なのは外観だけで、中はハリボテなのかと思ったが、そんなことはなかった。

（このような建物、短期間で建てられるはずがありません。となるとやはり殿下の『ギフト』の力によるということ。まさかこれほどとは思いませんでした……）

ローランはごくりと喉を鳴らす。

建物を作るのは武器を作るのとはわけが違う。外の門や城壁もその力によるとすれば、これはもう神業《かみわざ》の域だ。街一つ簡単に生み出してしまう力、敵に回したらと思うとローランは恐ろしくて身震いする。

早めに面識を持ち、取引相手になれたことをローランは心の中で女神に感謝した。

「どうぞ座ってください」

大きくて高そうなテーブルのある部屋に、ローランたちは案内された。

どうやらそこが応接室のようだ。

テーブルと同じく高そうな椅子に、ローランたちは腰をかける。

「わ、先輩。これフカフカですよ！」

「……お願いですから静かにしてください」

能天気な後輩にローランは頭を痛くする。

テオドルフがこの程度のことで機嫌を悪くするとは考えていないが、それでももう少し真剣に向き合ってほしかった。

しかし経験が浅く、能天気な性格をしているアンに、そんな気持ちは伝わらなかった。

「馬車の移動で疲れましたよね。甘い飲み物でもいかがでしょうか」

そうテオドルフが言うと、メイドの一人が透明なグラスにオレンジ色の液体を注ぎ始める。

キラキラと輝くその液体からは豊潤な香りが漂う。

(前に来た時、メイドは一人だったはず。いったいどこで増やしたのでしょう。動きは素人に見えませんし……)

思考を巡らせるローラン。

飲み物を注ぐ彼女、アイシャの所作はローランが勘違いするほど様になっていた。

しかしそれは長年の経験ではなく、レイラの超スパルタ指導の賜物《たまもの》だった。毎日筋肉痛になるまでメイドの所作を叩き込まれている。

特に客前での所作は徹底的に教えられたので、ローランの目をごまかす程度には習得していた。

掃除、料理などはまだまだ一流に程遠いが、それを習得する日は遠くないとレイラは考えていた。

「今朝採れたオレンジで作りましたジュースです。どうぞ、お召し上がりください」

「はい。いただきます」

出されたオレンジジュースを口にする。

するとその瞬間、口の中にオレンジの香りが爆発する。まるで果物そのものを口の中に突っ込まれたようにローランは感じた。

甘みは強いが、しつこくなくそれでいて後味爽やか。まるで人の思い描く理想の飲み物を具現化したような、そんな味であった。

味見をするだけにとどめるはずが、気づけばローランはそれを一気飲みしてしまっていた。

「ごくごく……んっ⁉　なんですかこれは⁉　テオドルフ様、ぜひこれも商会《うち》で取りあつか……」

「こ、これすっごく美味しいですすっっ‼　あの、おかわりいただいてもいいですか⁉」

ローランの言葉をかき消しながら、アンがおかわりを催促する。

するとアイシャは可愛らしい笑みを浮かべながら「はい。もちろん」とおかわりを注ぐ。

「ごく、ごく……ぷはっ！　私こんなに美味しい飲み物初めてです！　感動です！　いやー先輩が凄い作物が採れると言っていましたがここまでとは思いませんでした！」

「あなたいい加減に……」

「構いませんよ。喜んでいただけて嬉しいです」

暴走する後輩を止めようとするローランだが、テオドルフはそれを制する。

テオドルフはおもてなしを素直に喜んでもらえて嬉しかったのだ。

「オレンジもたくさん用意してあります。どうぞ持っていってください」

「ありがとうございますテオドルフ様。前回いただいた作物ですが、全て好評でした。ぜひ今回も色々と取引させていただけますと助かります」

「はい、こちらこそよろしくお願いします」

そう言ってテオドルフは、細かい価格についての取引を始める。

彼の提示した金額は、今ローランが動かすことのできる額のギリギリを突いた金額であった。これ以上大きくしたらさすがに「それは」と言いたくなるギリギリ、テオドルフはそこを突いた。

しかしローランも若手の有力株《ホープ》とされる、腕のある商人。ギリギリを突かれてもそれを撥《は》ねのけてもっと有利な条件を引き出す話術を持っている。

だがそれも立場が平等であればこそ。今この場はテオドルフが支配していた。

大きく発展した街、豪華な屋敷、そして差し出された飲み物。それら全てがテオドルフの価値を底上げする。

ほんの少しでも心証を悪くしたくない、そんな気持ちがローランの心を支配してしまうのも無理はないだろう。

「ええ、ぜひこの条件でやらせていただければと思います」

ローランはにっこりと笑みを浮かべながらテオドルフの条件をまるごと飲む。

金の工面、販売経路の確保。もろもろを考えるともう少し欲しいところではあったが、それよりも今は関係を維持することを最優先にしたのだ。

二人は固く握手をして、契約を成立させる。

「ふう……」

緊張でカラカラになった喉をジュースで潤すローラン。

ひとまず山場は乗り切った。彼はほっと肩をなでおろす。

「そういえばローランさん。避難している人たちの情報をいただきありがとうございます。おかげで領民を増やすことができました」

「いえ、喜んでいただけたのでしたら幸いです。これからもそういった情報が手に入りましたらテオドルフ様にいち早くお伝えいたします」

などと商売に関係のない話を続ける二人。

しばらくそう話していると、突然屋敷の外からカンカンカン！　と鐘を叩くような音が響いてくる。

「きゃあ⁉」

「な、なんですか……？」

突然のことに焦った表情を浮かべるアンとローラン。

一方テオドルフは慌てず真剣な表情をする。

「……どうやら魔物がここに向かって来ているみたいです」

「なんですって⁉」

「安心してください。ここの防衛マニュアルは既にできています。レイラ、行くよ」

「はい」

後ろに控えていたレイラと共に、テオドルフは外に出る準備をする。

すると、

「テオドルフ様。私も同行してもよろしいでしょうか」

このまま屋敷にいるのが一番安全だと分かりつつも、ローランは同行を申し出る。

危険を冒してでも、この領地の力がどれほどのものなのか、この目で確認しておきたかったのだ。

テオドルフは少し考えると、頷いて承諾する。

「分かりました。でも危険だと思ったらすぐに逃げてくださいね」

「はい、ありがとうございます」

一行は鐘の音がした、村の東部へと向かう。

「お待たせしました。状況を教えてください」

村の東部にある城壁に来たテオドルフは、城壁の上に登り、そこを担当していた兵士に現在の状況を尋ねる。

兵士と言ってももとはただの村人であるが、ちゃんとした鎧と槍を装備していること、そしてレイラのスパルタ特訓を受けたことで立派な兵士の姿に見えた。

この村で兵士を志願した者は、みなレイラのスパルタ特訓を受けている。強さはまだまだではあるが、強い忠誠心と命令を遂行する能力は養われていた。

「モンスターは地竜で、数は十体程度になります。現在この村めがけて走っており、およそ二十分後には着くと思われます」

「分かりました。ありがとうございます」

言ってテオドルフは双眼鏡を受け取り、向かってくるモンスターを確認する。

茶褐色の鱗《うろこ》に、太い四本の足。頭には岩を切り出したような立派な角が生えている。

テオドルフはそのモンスターを本で読んだことがあった。

「あれは地竜ロックホーンですね。あの数で城壁に衝突されたら危険です。対処しましょう」

「かしこまりました。マニュアルパターンBでよろしいでしょうか」

「はい、大丈夫です。全兵士に通達してください」

「は！　かしこまりました！」

兵士はそう大きな声で言うと、他の兵士に命令を伝えに行く。

ふう、と一息ついたテオドルフに、ついてきていたローランが声をかける。

「テオドルフ様、今地竜と聞こえましたが……」

「はい。地竜がこちらに向かってきているみたいですね」

「な、なんですって⁉」

驚いたように叫ぶローラン。

その声を近くで聞いた後輩のアンは、うるさそうに犬の耳を押さえる。

「先輩？　どうしたんですかそんなに驚いて」

「あなたが呑気《のんき》すぎるのですよ！　いいですか、地竜というのは翼を持たない竜種です。飛行能力こそありませんが、その分硬く力も強い竜です」

「それくらいは知っていますよ。でも地竜って穏やかな生き物ですよね？　地竜が荷車を引く『竜車《りゅうしゃ》』もありますし」

アンがそう言うと、ローランは「はあ……」と頭を押さえて首をふる。

呆れたようなその仕草に、アンはぷーっと頬を膨らませて不満をあらわにする。

「なんですかその反応は！　いいですかアン。あれは人間と仕事をするよう卵の頃から躾《しつ》けられたり、品種改良されたりしたものです。野生の地竜とは気性の荒さも力の強さも違います」

「あ……」

人間と仕事をする地竜は、卵の頃から世話をされ、人に慣れている。

それに最悪暴れても人の手で倒すことのできる、弱めの品種だ。しかし野生種はそうではない。

自分の考えの浅さにアンは恥ずかしそうにする。

「特にロックホーンは一度暴れると手がつけられません。それにここに出たということは、瘴気に侵されている可能性も高い。確かにこの城壁は素晴らしいですが……人手が少なすぎます。避難した方がいいでしょう」

ここ北の大地は、瘴気に侵されている。

その影響を受けたモンスターは凶暴化し、力も強くなる。そのような化け物が十体も来れば防衛施設が整った街であっても撃退は困難だ。

この村の設備は整っているが、人の数は圧倒的に少ない。人手が足りなければ設備を充分に動かすことはできない。

ローランはその問題点を指摘したのだ。

「テオドルフ様。私は避難を進言します。貴方の力があれば、村を再興させるのも容易《たやす》いはず。ここはどうか賢明な判断を……」

「この村の人たちは、今までずっと逃げてきました」

ローランの言葉を遮るように、テオドルフは喋りだす。

「故郷から逃げ、その先でゴブリンに襲われ、やっとここにたどり着いたんです。彼らに二度と故郷を捨てさせるわけにはいきません」

「し、しかし。死んでしまっては元も子も……」

「安心してください。死なせはしませんよ」

テオドルフは城壁の下に視線を送る。

つられてローランもそちらを見ると……そこには成人男性ほどの大きさのゴ、ー、レ、ム、が三十体近く集まっていた。その全員が兵士と同じく鎧を身にまとい、兵士と共に作業に従事している。

「わ！　ゴーレムがいっぱいいます！　凄いですね先輩！」
「な、あ……っ⁉」
はしゃぐアンと、口を大きく開けて絶句するローラン。
多くの国と都市を巡ってきた経験のある彼だが、この数のゴーレムがトラブルなく働いていると
ころなど、見たことがなかった。
ゴーレムは一体で兵士十人分以上の活躍が見込める。それがこの数いれば、その戦闘力は計り知
れない。
「人が増えてから、この村はモンスターに狙われるようになりました。人が多くなったからモンス
ターたちにこの村の存在が気づかれてしまったんでしょう。確かにこの場所を離れるという選択肢
もありますが……それはしません。僕はこの地を安心して暮らせるような場所にするまで戦い続け
ます」
テオドルフの「戦う」という言葉がローランに重く突き刺さる。
その重さはゴブリンキングとの戦いという死線を一度乗り越えたからこそ得たものであった。
(利口な少年とは思っていましたが……見誤った！　この短期間で王の風格を身につけるとは。こ
れが領民を得た影響、ということでしょうか)
ローランはテオドルフの評価を大きく変える。
この少年は不思議な力を持っているだけではない、王位を継ぐに足る人物だと。
「テオドルフ様。戦いを止めるよう進言したこと、お詫《わ》びいたします。ぜひ貴方の戦いをこの目で

記録させてください」

ローランの言葉に、テオドルフは頷いて返事をする。

さて、どのような戦いになるか。ローランが楽しみにしていると、突然白髪の女性が上空からすたっとテオドルフの側に着地してくる。

「なにやら楽しそうなことになっているじゃないかテオドルフ。我の助けは必要か？」

テオドルフの首に手を回しながらそう言ったのは、ルーナだった。

突然現れた獣人に見える人物に、ローランたちは「誰だ？」とルーナのことを観察する。

「ルーナさんは戦わなくて大丈夫です。それより貴女《あなた》には村人が避難する地下シェルターを守っていただきたいです」

「おや、寂しいことを言ってくれるじゃないか。我の力を信用していないのか？」

からかうようにルーナがそう言うと、テオドルフはふるふると首を横に振ってそれを否定する。

「信用しているから一番大事なところをお任せするんですよ。貴女が村の人たちを守ってくだされば、僕たちも安心して戦えます」

「……ははっ！　言うじゃないかテオドルフ。いいだろう、今日のところは言いくるめられてやろう」

豪快に笑ったルーナは、テオドルフの頭部に二度キスをすると、機嫌良さそうに村の中心部へ去って行く。

その後ろ姿を見送ったローランは、テオドルフに尋ねる。

「あ、あの女性は何者ですか？　獣人のように見えましたが、まとう雰囲気が獣人のそれとは全く異なります」

その言葉にアンもこくこくと頷いて同意する。

獣人である彼らはルーナの特異性にも敏感であった。

「彼女はフェンリルなんですよ。縁があって仲良くしてもらっています。ほら、あそこを駆けている小さな狼たちもそうなんですよ」

「フェンリル⁉　あの気高き神獣がこの村に住んでいるんですか⁉」

ローランは本日何度目になるか分からない衝撃を受ける。

神獣は獣人にとって信仰対象ですらある、特別な存在。まさかそんな者に会えるなどと思っていなかった。

「先輩、これって」

「ええ、タ、タマモ様にお伝えしなくてはなりませんね」

こそこそと話すローランとアン。

フェンリルを見つけたことは彼らの商会にとって重要なことだった。

「テオドルフ様！　間もなく地竜が射程圏内に入ります！」

モンスターを観察していた兵士が叫ぶ。

辺りに緊張感が走り、周囲の人物たちがテオドルフに注目する。

まだ慣れているわけじゃない。緊張だって本当はしている。

だがテオドルフはそれを顔に出さず、みなを鼓舞するように言葉を発する。

「みなさん！　勝っておいしいご飯を食べましょう！　大丈夫です、たくさん練習したから上手くいきます！」

その少し気の抜けるようなテオドルフの言葉に、兵士たちは笑い、緊張が抜ける。

「それでは魔導砲を準備してください！　射程圏内に入り次第、各自発射をお願いします！」

テオドルフの指示に従い、兵士とゴーレムたちが魔導砲を起動する。

魔導砲。それはローランすら知らない次世代の兵器。テオドルフが村を防衛する為に考え出した代物であった。

魔力を動力とする魔導砲は、普通の大砲の数十倍の威力を誇る。

普通の砲弾を放つこともできるが、魔石を利用した特殊な砲弾を使うことで威力は格段に上がる。

その威力はテオドルフが作製した城壁を一発で粉砕するほど。並のモンスターなら消し飛んでしまうほどの破壊力を秘めている。

金属を大量に使うこと、大きめの魔石が必要になるという素材的問題からまだ四門しか作れていないが、それでも魔導砲は村の防衛力をかなり引き上げることに成功していた。

「地竜、射程圏内に入りました！」

「発射っ！」

テオドルフの号令で、四門の魔導砲から一斉に砲弾が発射される。

ドン！　という爆音とともに、砲弾は宙を飛んでいく。

群れの先頭を走る地竜の足元に衝突した砲弾は、大きな爆発を起こし地竜たちを吹き飛ばしてしまう。

「な、なんという威力……」

初めて魔導砲の威力を見たローランは唖然《あぜん》とする。

魔力を動力とした兵器は他にも存在するが、これほどの威力と精度を持つ物をローランは他に知らなかった。

（砲手がこの前まで普通の村人だったという点が特に恐ろしいですね……。これなら兵士の練度が低くても十分カバーできます）

考えるローランの視線の先で砲弾が装填される。

特殊な砲弾は重いため、人が装填するのは難しい。しかしその作業は兵士ゴーレムが補助《サポート》してくれるので問題ない。

砲手は狙いを定めて撃つことに集中できるようになっていた。

「次弾装填完了しました、撃ちます！」

「はい！　お願いします！」

魔導砲が火を吹き、次々と地竜が倒れていく。

なかなか砲弾が直撃することはなかったが、地面で爆発した時の衝撃で地竜は吹き飛んでおり、ダウンしていた。頑丈な鱗を持つロックホーンが衝撃だけで戦闘不能になるほど、魔導砲の威力は凄まじかったのだ。

しかしそんな中でも運良く砲撃をかいくぐっていた個体がいた。

「テオドルフ様！　地竜が二体、城壁に接近しています！」

「分かりました。二人を前に出してください」

テオドルフの指示通り、二つの影が地竜たちの前に出る。

巨漢のゴーレム、ゴームとガルムだ。

「ゴーッ‼」

「ガウッ‼」

ゴームは硬い拳同士をぶつけ、ガルムはゴブリンキングが使用していた巨大なナタを振り回す。

二人ともやる気マックスのようだ。

『ガアアアアッ‼』

そんなゴーレム二人のもとに、二体の地竜が突っ込んでくる。

地竜ロックホーンの体長は九メートル程度。これはトリケラトプスと同程度の大きさとなる。

もちろん二人よりも大きいが、ゴーレムたちは正面から地竜を迎え撃つ。

「ゴ――――ッ！」

まずゴームが地竜の突進を正面から受け止める。角を脇で抱えて、頭部をガシッとつかんでいる。

ぶつかった衝撃でずりずりと後退したが、足に力を入れて完全に受け止める。そして腕に思い切り力を入れ、なんとそのまま持ち上げてしまう。

「わ！　持っちゃった！」

「ありえない……」

驚くアンと、呆然《ぼうぜん》とするローラン。

ゴーレムが人よりずっと力が強いことは知っていたが、この大きさの地竜を持ち上げてしまうなど、直接見なければ信じられなかったであろう。

そしてゴームは持ち上げた地竜をそのまま地面に叩きつける。その動きはプロレス技のパワーボムによく似ていた。

ゴン!!　という重い音とともに地面に全身を打ち付けた地竜は『ガ……ッ!?』と苦しげな声を上げ、地面に倒れる。

一方ガルムはというと、手にしたナタを正面から振り下ろし、ロックホーンの象徴とも言えるその大きな角を叩き折っていた。

そして更に今度は頭部へそのナタを振り下ろし、仕留める。

「ガアアアッ!!」

勝利の咆哮《ほうこう》を上げるガルム。

ゴーレムの怪力とゴブリンキングの戦闘能力を併せ持つガルムにとって、地竜はたいした相手ではなかった。

二人の勇姿を城壁の上から見ていたテオドルフは「よし」とガッツポーズをする。

他の地竜たちは既に魔導砲の攻撃で戦闘不能になっている。

領地防衛は成功したのだ。

「みなさんのおかげで地竜の撃退に成功しました！　ご苦労様です！」

テオドルフが兵士たちに労いの言葉をかけると、兵士たちは歓喜の雄叫《おたけ》びを上げる。

今まで逃げる生活を続けていた彼らにとって、モンスターに勝利することは特別な意味を持つ。

その喜びから涙する者まで現れる。

しかしみなの緊張が緩む中、兵士の一人が双眼鏡を手にしながら驚いたように声を出す。

「な、なにかが地竜が来た方向より飛んできます！　こ、この姿は……飛竜です！」

「なんですって⁉」

報告を聞いたテオドルフも双眼鏡を手にして確認する。

すると確かにこちらに向かって赤い鱗を持つ竜が複数こちらに飛んでくるではないか。

まだ戦いは終わっていなかった。

飛竜はその名の通り、空を飛ぶことができる竜種だ。

別名ワイバーン。前足が翼になっていて空を自在に動き回ることができる。

地竜より軽く、力も弱いが、鋭利な爪と牙を持っている危険なモンスターだ。中には火を吹く種類までいる。

「地竜だけじゃなくて飛竜まで来るなんて、いったいなにが起きてるの？」

テオドルフはその理由について思考を巡らせようとして、やめる。

今は撃退するのが先だ。考えることなら後でできる。

「魔導砲の弾を拡散弾に変更してください！」

「は、はい！」

テオドルフの指示を受け、兵士とゴーレムたちが魔導砲の弾を変更する。

そして照準を空に向けて、発射準備を整える。

「発射！」

号令とともに、弾が発射される。

しかし空を飛んでいる飛竜には直撃せず、間をすり抜けてしまう。

外した。そう思うローランだったが、テオドルフはそれも織り込み済みであった。

「今だ！」

砲弾がカチ、という音と共に起動し、爆発する。

その衝撃波は大きく広がり多くの飛竜たちを巻き込む。

先程テオドルフが指示した『拡散弾』は、直撃を狙わない特殊な弾だ。

発射後、周囲にモンスターを感知すると起動して爆発、衝撃波を周囲に拡散する仕様になっている。これなら空中にいるモンスターを効率的に倒すことができる。

「飛竜たち大量撃破を確認！　残り二体がこちらに接近しています！」

「二体だけだからなんとかなるかな。この距離で拡散弾を使ったらこっちまで衝撃が来ちゃうからお願いできる？」

「はい、もちろんです」

そう言って前に出てきたのは、今まで控えていたレイラだった。

飛竜を相手にするというのに、彼女はいつも通り冷静沈着だった。

「竜と戦うのは久しぶりですが、あの程度の飛竜でしたら問題ないでしょう」

飛竜は城壁に高速で接近してくる。

レイラは城壁の先端部に立つと、腰に差している銀色の剣に手をかける。

「オルスティン流剣術――――銀閃《ぎんせん》」

とっ、と城壁から跳躍したレイラは、目にも留まらぬ速さで剣を抜き放つ。

そして閃光《せんこう》が走ったかと思うと、飛竜の体が空中で真っ二つになってしまう。かつて〝天剣〟の二つ名で呼ばれた彼女の神速の剣技は、メイドとなっても鈍ることはなく、むしろ更に磨き抜かれていた。

「あと一体……」

レイラは落ちる飛竜の体を足場にして、もう一体の飛竜に接近しようとする。

しかし仲間がやられたことで焦ったその飛竜は、方向転換をし、レイラを避けて城壁に向かおうとしていた。

間に合うか、いや間に合わせる。

レイラがその飛竜になんとか追いつこうとしたその刹那、地上から影が跳躍しその飛竜に追いつく。

「あんたの相手は……こっちよ！」

元気で可愛らしい声が響く。

その声の主の少女は飛竜に急接近すると、手にした剣を振るう。

すると先程と同じ様に飛竜の体は両断されてしまう。突然斬られた飛竜は驚いたように目を見開きながら落下していく。

「え、だれ⁉」

突然のことにテオドルフも驚く。

この村にレイラと同じ様なことができる剣士は他にいないはず。いったい誰が来たんだと、テオドルフはその少女が着地した場所に駆ける。

「ふう、大活躍だったわね」

その少女は城壁の上で、満足気に笑みを浮かべていた。

彼女の顔を見たテオドルフは、驚いたように声を上げる。

「アリス⁉　なんで君がここにいるの⁉」

赤いツインテールと気の強そうな目が特徴的な少女は、アリスであった。

女神に選ばれた勇者として、各地で戦っているはずの彼女がなぜここに？　とテオドルフは混乱する。

一方アリスはテオドルフを見つけて嬉しそうに彼に近づく。

「あ、いたいた！　テオ！　あんたが北の大地に追放されたって聞いて来てあげたわよ！　きっと一人で寂しく生活して泣いていたんでしょ？　しょうがないから私が慰めてあげ……って、なんか人多くない？　なんで？」

アリスはここに来て初めて他にも人がたくさんいること、そして殺風景なはずの北の大地がかなり発展していることに気がつく。

「そんな！　私の完璧な計画が……っ！」

寂しがっているテオドルフを慰めるという計画が崩れ、アリスはショックを受ける。

テオドルフはいったいなにから説明すればいいだろうと悩みながら、彼女に近づくのだった。

◇◇◇

突然現れた赤い髪の女の子、アリス・スカーレットは女神様に選ばれた『勇者』だ。

勇者として選ばれた日から体を鍛えてきた彼女は、僕と歳《とし》がそう変わらないにもかかわらず、とっても強い。

強くて可愛らしいアリスは王国内にファンクラブが存在するほど人気があるけど、そんな彼女と僕は昔からの知り合いなのだ。

「久しぶりだねアリス、二年ぶりかな？」

「そ、それくらいね。元気にしていたみたいじゃない」

アリスはどこかぎこちない感じで返事をする。

目も合わせてくれないし、いったいどうしたんだろう？　久しぶりの再会だから照れてるとか？

……いや、それはないか。昔からアリスは物怖《ものお》じしないタイプだった。歳上の人にも食ってかかるその様子は凄かった。引っ込み思案な僕はそんなアリスに憧れていた。

そんな彼女が僕に照れるなんてこと、あるはずがないよね。

「どうしたのアリス。そっちになにかあるの？」

「べ、別になんでもないわ！　それよりテオ、あんた……ずいぶん大きくなったわね」

「え、ほんと？　うれしいな」

そういえば最後に会った時、アリスは僕より結構背が高かった。

だけど今の身長差は数センチにまで縮んでいた。この調子なら近いうちにアリスの背を追い抜きそうだ。

「それに……ふうん、顔つきもマシになったじゃない。少しは頑張ってるみたいね」

「ありがと。アリスもすっごく可愛くなったね」

「は、はぁ!?　な、なに生意気なこと言ってんのよ！」

素直に褒めるとアリスは顔を真っ赤にして大きな声を出す。

そういえば前からアリスは褒められるのが得意じゃなかった。久しぶりだから忘れてた。

「気にしないで大丈夫ですよテオドルフ様。うちのお嬢は照れてるだけですから」

そう言ってやってきたのは大きな剣を持った女性だった。

その横にはとんがり帽子を被《かぶ》ったいかにも魔法使いですといった服装の女性もいる。その二人を僕は知っていた。

「サナさんにマルティナさん！　お二人も来ていたんですね！」

「お久しぶりです殿下。元気そうでなによりです」

「こ、こんにちは……」

アリスの仲間である二人が、挨拶してくる。

この二人とはそれほど長い付き合いじゃないけど、いい人なのはよく知っている。

「でもどうして三人がここに？　僕がここにいることは知られていないはずですけど……」

「国王陛下と第二王子に聞いたんですよ、テオドルフ様がここに追放されたと。そしたらお嬢ったら怒り狂って『すぐ助けに行くわよ！』って飛び出しちゃって」

「ちょ、サナ⁉　なにバラして……じゃなかった、適当なこと言ってんのよ！」

どうやらアリスは僕のことが心配でこんな辺境まで来てくれたみたいだ。

勇者としての仕事で忙しいはずなのに……やっぱり優しいね。

「聞いてくださいよ殿下。なんとお嬢はあの第二王子をぶん殴ったんですよ！　いやあぶっ飛んでる人とは知ってたけど、まさかそんなことまでするとは」

「え⁉　ニルスを⁉　危ないよそんなことしたら！」

ニルス自体は小物だけど……腐っても王子だ。権力を持っている。

それに汚いことをやるのに抵抗がない。いくら勇者といえど危険すぎる。アリスもそれくらいは分かっているはずだけど。

「だってしょうがないじゃない、ムカついたんだもの。あいつずっとテオのこと馬鹿にするのよ？」

アリスは唇をツンと尖《とが》らせて言う。

僕のことでそんなに怒ってくれるなんて。

「ありがとうアリス、嬉しいよ」

「ちょ、なに手を握ってんのよ！」

感極まってアリスの手を握ると、彼女は再び騒ぎ出す。

でも不思議なことに手を振りほどこうとはしてこない。その気になればいつでも抜け出せるはずなのに。

「いいぞお嬢！　そのまま抱きしめちゃえ！　ちゅーもしちゃえ！」

「既成事実、作る……」

アリスの仲間の二人がなぜか囃《はや》し立《た》ててくる。

それに乗せられてかアリスは急にしおらしくなって伏し目がちにこちらを見てくる。いったいどうなっちゃうんだと思っていると……。

「お久しぶりですアリス様。お疲れでしょうから、こちらへ」

唐突にレイラが現れ、僕たちの間に割って入ってくる。

油断していた僕たちは引き離されてしまう。

「誰かと思ったらレイラじゃない……まだテオにくっついていたのね」

「ずいぶんご活躍されているようですね、アリス様。さ、早くお疲れを癒やしてください」

なぜかバチバチと火花を散らす二人。

うーん、これは大変なことになりそうだ。

◇◇◇

「みなさんの頑張りのおかげで、地竜だけでなく飛竜まで撃退できました！　ありがとうございます！」

ひとまずアリスのことは後回しにして、兵士の人たちに労いの言葉をかける。

すると兵士の人たちも勝利の実感が湧いてきたのか再び歓喜の雄叫びを上げる。きっとこのことは彼らの自信に繋がるはずだ。

次に僕が行ったのは、倒した地竜と飛竜の回収。

竜の硬い鱗は防具になり、牙や爪は武器となる。肉は栄養満点で美味しくて、血も薬に使える。

竜には無駄なところなどなく、その全てが役に立つ。他のモンスターが食べに来てしまう前に全部回収しないといけない。

「自動製作《オートクラフト》、荷車！」

大きめの荷車をいくつか作り、そこに竜を乗せていく。

引っ張るのはゴーレムたちだ。人はその補助をする。竜の体は重くてとても人じゃ運べないからね。なぜかレイラは一人ですいすいと運べていたけど。

「半分は持っていったかな？　じゃあ残りは……次元収納《インベントリ》！」

運びきれなかった竜は次元収納《インベントリ》に収納する。

うわ、容量ギリギリだ。感覚でこれ以上は入らないっていうのが分かる。

でもこれでも最初より物が入るようになってたりはする。収納能力もだんだん進化してるんだ。

いつかは村まるごと収納とかもできるかもしれない。

「テオ、その能力《ちから》隠さなくなったのね」

回収作業をしていると、アリスがそう話しかけてくる。

彼女は昔から僕の『自動製作《オートクラフト》』の力を知っていた、数少ない人物なんだ。

「うん。最初は不安だったけど、みんなすんなり受け入れてくれたよ」

「よかったわね。あんたいきいきとしてるわよ」

確かにアリスの言う通り、今の生活は楽しい。

もっと早くこの能力を使い始めるべきだったかもしれない。

……いや、でもそうしてたら父上やニルスになにを言われたか分からないか。あの二人は戦闘能力の高さしか評価しないから見下されただろう。

この能力でも戦えないわけじゃないけど、あの二人の求める分かりやすい強さじゃないからなあ。

結果としては追放されるのが正解だったかもしれない。

「ていうか気になってたんだけど、ガーランはいないの？　こういう力仕事ならあいつが適役でしょ？」

「ああ、ガーランは一緒に来てないよ」

「は⁉　なんであいつが来てないのよ！」

アリスは驚いたように声を上げる。

ガーランは、以前僕と仲の良かった王国騎士だ。

〝鉄壁〟の二つ名を持つ凄腕《すごうで》で、おおらかで優しい人だった。アリスも彼に剣を習っていたことがある。

「アリスと最後に会ったあと、地方に飛ばされちゃったんだ。ガーランは強いけど、平民出身だから良く思ってない人も多い。発言力があまりない僕じゃそれを止めることはできなかったんだ」

平民出身の騎士が父上に気に入られるのが気に食わなかった他の騎士がやったのか、それとも僕が強い騎士と近かったことを気に食わなかったニルスが手を回したのか、実際のところは分からない。

もし一緒に来てくれてたら心強かったのになあ。

「はあ、本当に貴族ってクソね。もう一発あのバカ王子をぶん殴ってこようかしら」

「それはいいね。僕の分もお願いしようかな」

しゅ、しゅ、とシャドーボクシングをするアリスに、僕はそう言う。

するとアリスは「任せなさい！」と大きく成長した胸を叩く。頼もしい限りだ。

「あの、テオドルフ様。少しよろしいでしょうか……？」

「はい？」

振り向くとそこには商人のローランさんがいた。

後ろには後輩のアンさんもいる。どうしたんだろう。

「どうかしましたか？」

「実は竜の素材を私どもにも卸していただきたいのです。竜の素材は貴重でして、どこの商会も喉から手が出るほど欲しがっているのです」

なるほど。早速商談というわけだね。

これだけたくさんの素材を目にして、待ちきれなかったんだ。

「ええ、もちろん構いませんよ。ただこの村でも使いたいので、それほど多くはお売りできないと思いますが」

「はいもちろんです。そもそも今の手持ちですとそれほど多く買い取れません。地竜の鱗を少々と飛竜の翼膜を数枚。それと竜の血を樽《たる》一杯程度でしょうか」

「え、それだけでいいんですか？」

地竜と飛竜、どちらも十体くらいは倒しているはず。

もっと欲しがると思ったんだけど、意外と少ない。

「本当でしたら何体か丸ごと買い取りたいところですが、とてもではありませんがお金が足りません。竜の素材は高価ですからね」

ローランさんはそろばんを弾《はじ》いて僕に買い取り価格を教えてくれる。

そこには目が飛び出るほどの金額が出されていた。竜一体でそこそこ大きなお家《うち》が建つ金額だ……。

「こ、こんなに竜って高いんですね」

「はい、竜を仕留めるのはもちろん、その素材を街まで運ぶのも大変ですからね。新鮮な素材が街に届くのは稀《まれ》なのです。今回の素材は死後すぐに解体できますので状態もよいですからね」

「なるほど。そうなんですね」

ここ北の大地は瘴気の影響でモンスターが出現しやすい。それは普通ならデメリットに感じるけど、逆にモンスターの素材が手に入りやすいというメリットにもなるんだ。

村はまだ北の大地の端っこだからそこまでモンスターはいないけど、中央まで開拓し始めたらもっとモンスターが現れるはず。そしたらレアな素材がたくさん手に入るかもね。

元ゲーマーとして、レアな素材には心を躍らさずにはいられない。楽しみだ。

「分かりました。それでは先程おっしゃっていた量の竜の素材をお売りします。ぜひお役に立ててください」

「あ、ありがとうございます！　商会を代表してお礼を申し上げます！」

ローランさんは顔をパッと明るくする。

彼にはお世話になっているし、喜んでもらえるのは嬉しい。

「ねえテオー、私お腹空いてきたんだけど」

ローランさんと話していると、アリスがすねたように服の端をくいくいと引っ張ってくる。気が付けば時間は夕方、僕もお腹が空いてきた。

「村に戻ったらご飯にしよっか。竜の肉も悪くなる前に食べちゃおっか」

「やった！　ほら、早く行きましょ！」

急に元気になったアリスに手を引っ張られて、僕は村に戻るのだった。

◇◇◇

「それではみんなで摑《つか》んだ勝利を祝って！」

「「「かんぱーい!!」」」

地竜と飛竜の襲来から村を防衛した日の夜。

僕たちは勝利を祝って宴《うたげ》を開いていた。

ちょうどローランさんがお酒を持ってきてくれていたので、大人たちはそれを浴びるように飲んでいる。勝利の後のお酒は格別らしく、みんなとても楽しそうだ。

村ではぶどうも採れるし、今度それでお酒を作ってみるのも面白いかもしれないね。

「テオ様、少しよろしいでしょうか」

「ん？　どうしたのレイラ」

「少し困ったことがございまして……知恵をお借りしたいのです」

村の人たちが用意してくれたごちそうに手を付けていると、レイラに呼ばれる。

どうしたんだろうと後をついていくと、そこには大きな肉の塊が置いてあった。

「これって、竜の肉だよね」

「はい。そろそろお肉の準備をしようと思ったのですが、想像よりも『瘴気』の影響が強く、このままではお出しできないのです」

レイラの言う通り、肉には瘴気が残っていて黒いオーラがうっすら出ている。

うーん、困ったね。触るくらいなら平気そうだけど、体内に入れたらきっと悪影響が出てしまうだろう。みんなお肉を心待ちにしているだろうし、どうにかしてあげたい。

「瘴気をどうにかする方法かあ……あ」

考えた僕は、ある方法を思いつく。

上手くいくかは分からないけど、試してみる価値はある。

僕は次元収納《インベントリ》の中からある物を取り出して、それの先端を肉に突き刺す。

するとバシュ！　という音とともに、肉の瘴気が消え失せる。

やった！　上手くいったみたいだ！

「テオ様、これは……！」

「土の瘴気が消せたからもしかしたらと思ったんだ」

僕が刺したそれは、神金属《ゴッドメタル》で作った農具『神の鍬《くわ》』だ。

この鍬で耕した土地は、瘴気が消える。その効果は土だけじゃなくて他の物にも及ぶみたいだ。

普段土に突き刺しているこの刃を食べ物に刺すのは少し抵抗があるけど、神金属《ゴッドメタル》についた汚れは瞬時になくなり綺麗な状態になるので大丈夫なはずだ。

「さすがですテオ様。このようなことを思いつくなど常人にはできません」

「ち、近い近い」

ぐいぐいと体を寄せてくるレイラを押し返す。

最近はなにかと理由をつけてはスキンシップをはかってくるので大変だ。いや前からそうではあったけど、最近は更に過激だ。

「でも瘴気を消せるなら、瘴気に侵されたモンスターを元に戻せたりもできたのかな……」

「それは難しいであろうな」

「え？」

声のした方向を向くと、そこにはフェンリルのルーナさんがいた。

宴を楽しんでいるみたいで、手にはお酒がなみなみと注がれた樽の盃《さかずき》を持っている。

「瘴気に侵され理性を失ったモンスターは、別の生き物になり果てる。瘴気に侵された初期であれば救うこともできるかもしれぬが、その地竜や飛竜はもう手遅れだっただろう。お主が気に病む必要はない。介錯《かいしゃく》するのが正解だ」

どうやら僕の考えは読まれてしまっていたようだ。

もし元に戻せるなら、その方がよかったのかもと心の底で罪悪感を覚えてしまっていた。

「そして命を奪ったのなら、食うてやるのが礼儀。どれどれ」

ルーナさんはスパッと鋭い手刀で肉をステーキサイズに切ると、大きく口を開いてぱくりと一口で食べてしまった。

生肉を食べて大丈夫なのかと心配したけど、よく考えたらルーナさんはフェンリル。生肉くらいでお腹を壊したりはしないか。

「うん、うまい！　瘴気はきちんと浄化されているぞ。これなら人の子が食べても大丈夫であろう」

「ありがとうございます。じゃあレイラ、これの調理をお願いしていい？」

「はい、もちろんです。腕によりをかけてお作りいたしますね」

竜の肉は市場にあまり出ない高級品。

食べるのが楽しみだ！

◇◇◇

「肉だ！」

「待ってました！」

「うわー！　いい匂い！」

「まさかドラゴンの肉を食べられる時が来るなんて！」

メインディッシュの登場に、村人のみんなは沸く。

ドラゴンのステーキに、ドラゴンテールスープ。もも肉のローストに揚げ物、炙って薄切りにしたものを野菜と一緒にパンに挟んだものなどドラゴンのフルコースが運ばれてくる。

これらはレイラとアイシャ、そして新しくレイラに弟子入りした数人のメイド見習いが作ってくれた。レイラはゆくゆくはメイド隊を作ろうと考えているらしい。兵士より強そうな部隊ができそうで少しだけ怖い。

「テオ様にはこちらを。一番脂が乗っていて美味しいと思います」

「ありがとうレイラ。いただくね」

僕の前に置かれたのはシンプルなドラゴンステーキ。

分厚いそのお肉は、脂でキラキラと輝いていた。暴力的なほど美味しそうな匂いが鼻に入ってきて、お腹がぐうと鳴ってしまう。

「いただきます」

ナイフをスッとお肉に差し込み、切る。

中がほんのり赤い、絶妙な焼き加減だ。結構大きく切ってしまったそれを、僕はえいと一口で食べる。

「……っ!!」

食べた瞬間、口の中に肉汁の洪水が発生する。

強烈なお肉の旨《うま》みが口いっぱいに広がり自然と頬が緩んでしまう。それほどまでにドラゴンステーキは美味しかった。

「これすっごく美味しいよ！」

「それはなによりです」

レイラはくす`、と笑みを浮かべる。

見れば他の人たちもドラゴンの肉を美味しそうに食べている。

「うめー!!」

「なんだこの肉!?」

「こんなの食べたことないよ！」

「生きててよかった……ぐすん」

「テオドルフ様ありがとうございます！」

「テオドルフ様バンザイ！」

気づけばテオドルフコールが始まっていた。

恥ずかしいけど、嬉しい気持ちもある。少しは僕も領主らしいことができているのかな。

「わんっ！」

と、そんなことを考えていると白いもふもふが足にまとわりついてくる。

フェンリルの子ども、シルクだ。どうやらお肉が食べたいみたいでキラキラと期待するような目でこちらを見ている。

「ごめんごめん、シルクも食べたいよね」

僕が食べているものとは別のステーキを一枚取り、シルクの前に出す。

するとシルクはそれを一口でぱくっと食べてしまう。

「どう？　美味しい？」

「わんっ‼」

元気良く吠えるシルク。

どうやら気に入ってくれたみたいだ。

見れば他のフェンリルたちもドラゴンの肉をガツガツと食べている。

だいぶ村の人たちとも打ち解けているみたいで、フェンリルをなでている人もちょくちょくいる。もうフェンリルたちも村になくてはならない存在だ。

「みんな楽しそうだ。頑張ってよかったな……」

「なーにたそがれてんのよ」

一人呟いていると、隣にアリスが座ってくる。

彼女も楽しんでいるようで、右手には焼いた骨付き肉、左手にはお酒の入ったジョッキが握られている。

「あんたあんまり食べてないんじゃないの？　主役なんだからもっと食べなさいよ。ほら、私の分けてあげる」

「そのような食べかけ、テオ様にはふさわしくありません。下げてください」

アリスの言葉に割り込むように、レイラが口を挟んでくる。

レイラはアリスとは逆側に座る、つまり僕は二人に挟まれる形になっている。逃げ場はない。

「テオ様、ドラゴンのシチューができましたのでぜひご賞味ください。お体が温かくなるようスパイスを効かせました、美味しいですよ」

「ちょっとレイラ！　今私が話してるんだから邪魔しないでよ！」

「アリス様はもう寝た方がよろしいのでは？　大きくなれませんよ？」

「子ども扱いするんじゃないわよ！」

二人は僕を挟んで口喧嘩《くちげんか》を始めてしまう。

仲良くしてほしいんだけど、二人は顔を合わせる度こうなってしまう。うーん、なんとか仲直りできないかな。

「第一あんた、メイドなのにでしゃばりすぎなのよ。後ろで大人しく控えていなさい」

「……残念ながらそうはいかないのですよ。私とテオ様の関係は進んでしまいましたので」

レイラはドヤ顔でそう言い放つ。こんな顔をする彼女は珍しい。

いや、それ以前になにを言ってるの？　こんなこと言ったら火に油を注ぐようなものだ。

「は、はあ⁉　あんたらいったいなにしてんのよ！」

「私はテオ様のご寵愛を受けた身。もう以前までとは違うのです。テオ様にまとわりつく悪い虫は払わなければいけません」

「は、ハレンチだわ！　不潔よ不潔っ！」

アリスは顔を真っ赤にして騒ぎ立てる。

なんだなんだと村の人たちも注目し始めてしまったので、僕は仕方なく『加護』のことを話す。

「……なるほど、そういうことだったのね。でも納得できないわ！　このメイドだけじゃなくて他の人ともしているなんてハレンチだわ！」

「ひいっ、ご、ごめん」

僕はひとまず謝る。

しかしアリスはそれでも収まらない。

「こんなの不健全よ！　だ、だから、しょうがないから、私もその、してあげてもいいわよ。ほら、私は歳も近いし健全だし」

「……え？　どういうこと？」

謎の提案に僕は首を傾げる。

アリスが僕にキスしたいって意味じゃないだろうし、いったいなにが言いたいんだろう。

「こ、この……！　いいわ、はっきり言ってあげる！　私は――」

アリスがなにかを言おうとした瞬間、カンカンカン!!　と鐘の音が響き渡る。

いったい何事かと音のした方を見ると、兵士が一人こちらに走ってくる。宴の間も交代で見張りはついている。この人は今の時間の担当なんだろう。

「た、大変だ！　モンスターが東からこっちに来てる！」

「な……っ！」

宴の場に緊張が走る。

こんな短期間でモンスターが何度もやってくるなんて初めてだ。せっかく戦いが終わったのにまた戦うのかと不安が広がる。

　だけどモンスターが来たのなら対処しなくちゃいけない。僕は気持ちを切り替えて見張りの人のもとに行く。

「報告ありがとうございます。モンスターはなんの種類でどれだけの数がいますか？」

「数は一体です。し、しかし……」

　一体だけというのは嬉しい情報だ。貴重な魔導砲の弾の消費は少なくて済みそうだ。

　しかし、続く兵士の言葉で僕の考えは覆されることになる。

「と、とても巨大なモンスターなんです！　まるで山が動いているかのように大きいのです！　あれはそう……亀です。黒くて巨大な亀がゆっくりとこちらに向かってきてるんです！」

　見張りの人は慌てたようにまくし立てる。かなり興奮しているようだ。

　山のように大きなモンスターを見たと言うんだからこうなって当然か。でもそんなに大きなモンスター、聞いたことがない。いったいなんてモンスターなんだろう。

「殿下。おそらくそれは『アダマンタートル』です」

　そう言ってきたのはアリスの仲間で剣士のサナさんだった。

　彼女はいつになく真剣な表情をしている。そのモンスターはそれほど危険な存在なのかな。

「無礼を承知で申し上げます。向かってきているモンスターがアダマンタートルなのであれば、今すぐこの村を捨て、逃げるべきです。あれはＳＳランク、つまり災害級のモンスターです。人が立ち向かうべき相手ではありません」

「……それほどの相手なんですね」

サナさんは経験豊かな冒険者だ。

その彼女が言うんだから、アダマンタートルはよほど強いんだろう。それこそ地竜や飛竜なんて、比べ物にならないほどに。

「人は死んだらお終《しま》いですが、村はまた立て直せます。どうかご決断を」

「――――サナさん。貴女の言うことは正しいです」

「でしたら……」

「ですが、僕たちはそれをこの先何回繰り返すんでしょうか？」

「……っ！」

僕たちはこの土地に住むしかない。北の大地で暮らしてきた僕たちを他の領地の人は受け入れてくれないだろう。

ここにしか住めないのにモンスターが来る度逃げていたら、永遠に穏やかな暮らしは訪れない。

逃げながら生活することもできるかもしれないけど、そんな生活、いつかは耐えられなくなるだろう。

だったら……戦うしかない。

「モンスターはいつ頃村に到着しますか？」

「はい、あのスピードですと明日の昼頃になると思います」

ならまだ半日以上ある。準備する時間は十分だ。

「みなさん、宴の途中にすみません。楽しんでいるところ申し訳ないのですが、一日宴はここで終わらせていただきます。この村を守るため、どうかもう一度力を貸してください」

そう言って頭を下げる。

僕一人の力じゃ防衛はできない。みんなの力が必要だ。

戦いが終わってすぐにまた戦ってほしいなんて酷《ひど》いと思われるかもしれないと不安だったけど、村の人たちはそれを温かく受け入れてくれた。

「任せてくださいテオドルフ様！」

「微力ながらお手伝いします！」

「今回も楽勝ですよ！」

「みなさん……ありがとうございます！」

村の人たちだけじゃなくて、レイラやアリス、シルクたちも僕の言葉に頷いてくれる。

みんなの温かさに涙が出そうになるけど、それをぐっと堪《こら》える。泣くのは勝ってからだ。まだ早い。

「ということですサナさん。申し訳ありませんが、僕たちは戦います」

「……分かりました。見捨てるわけにもいきませんので私たちもお手伝いします。お嬢もやる気みたいですからね」

「ありがとうございます。心強いです」

サナさんたちが手伝ってくれるのは嬉しい。

かなりの戦力になるだろう。

「それでは作戦会議を始めます！　みなさんよろしくお願いいたします！」

第四章　領地を守ろう！

「アダマンタートルはその名の通り、超絶硬い鉱石『アダマンタイト』のごとき硬さを誇る巨大な亀だ。大砲も剣も効かない、正真正銘の化け物。それが奴《やつ》だ」

兵士たちを前に、サナさんがそう説明してくれる。

冒険者としての経験豊かな彼女は、モンスターにとても詳しい。彼女がいてくれて良かった。

「生命力も高いこいつを倒すには、体の中心部を叩《たた》く必要がある。手足をいくら切ってもすぐ再生されるのがオチだ。首を斬り落とすという手もあるけど……オススメできない」

「それはなぜですか？」

兵士の一人が尋ねる。

「奴の首はとびきり硬い。お嬢とそこの強いメイドさんでも斬り落とすのは難しいだろう。ゆえに叩くなら比較的柔らかい体内だ」

「でもサナさん。アダマンタートルの甲羅って硬いんですよね。どうやって体内まで攻撃を通すんですか？」

次に僕が質問すると、サナさんは待っていましたとばかりに「良《い》い質問です、殿下」と言ってくれる。

「奴は巨大な魔力の塊を吐き出し、攻撃手段として用います。その隙を狙ってあの『魔導砲』を口内に撃ち込んでやるのです。さすがの奴も体内が爆発すれば活動を停止するでしょう」

「なるほど……」

難しそうだけど、確かに他に方法はなさそうだ。

やってみる価値はある。

「ということはアダマンタートルを足止めする手段が必要ですね。城壁を増やし、要塞化する必要がある。後はレイラとアリス、ゴーレムたちには足を攻撃してもらって動きを鈍くする……とかですかね」

「はい、それが最善だと私も思います。そして……この策の要《かなめ》はテオドルフ様です。アダマンタートルが来るまで時間がありません、それまでに防衛態勢を整えなければ勝機はありません」

サナさんの言葉に、僕はこくりと頷《うなず》く。

大変そうだけど、やるしかない。必ずこの村を守ってみせる！

◇　◇　◇

その日はみんな夜通し作業をした。

資材を集め、物を運び、そして僕がクラフトする。

地竜と飛竜から取れた魔石をゴーレムにして、人手を足したことでなんとか時間までには間に合った。

村の東部だけだけど、立派に要塞化されつつある。これならアダマンタートルでもそう簡単には突破できないはずだ。

「……もう朝か」

気がついたら地平線から太陽が昇っている。

明るくなったことで、遠くから歩いてくるアダマンタートルを肉眼で見ることもできた。まるで山が歩いているみたいだ。あんなのがここに来ると考えると恐ろしい。

だけど頑張らなくちゃ。城壁の上で一人そう覚悟を決めていると、誰かが階段を登ってやってくる。

「あんたまだ起きてたの？　準備はほとんど終わったんだし少し寝たらどう？」

呆《あき》れたようにそう言ってきたのは、アリスだった。

彼女も夜通し作業をしていたはずなのに元気そうだ。勇者の体力はやっぱり凄《すご》い。

「そうはいかないよ。僕は責任者だし最後まで見届けないと……」

そう言って歩き出そうとすると、足元がふらついて倒れそうになる。

アリスが素早く僕を受け止めてくれる。

「言わんこっちゃないわね。ほら、少し休みなさい」

アリスはそう言って近くの椅子に僕を座らせる。

強気な発言が目立つ彼女だけど、心根はとても優しい人なんだ。

「ごめんね。アリスには昔から助けられてばっかりだね」

「……なに馬鹿なこと言ってんのよ。私の方が助けられてるわ」

「え？」

なんのことか分からず、首を傾《かし》げる。

僕がアリスを助けたことなんて今まであったっけ？　記憶を遡ってみるけど、思いつかない。

するとアリスはそんな僕の様子を見て「はあ」と呆れたようにため息をつく。

そして鈍い僕にそれを説明してくれる。

「……私は八歳の時、突然女神様に『勇者』として選ばれた。それ自体は女神様に感謝してる、だけどそのせいで私は『勇者』としてしか扱われなくなったわ」

勇者は人類の希望だ。

勇者の力を授かった者が見つかるとすぐに王都に呼ばれて、専門の育成プログラムのもと様々な訓練を受けることになっている。

剣技、魔法、そして戦いの知識。厳しい訓練をアリスは受けてきた。

その間アリスは王都のお城で暮らしていたから、僕は彼女と知り合いなんだ。

「別に勇者として扱われるのが嫌だってわけじゃなかった。でも……誰も私を一人の人間として見てくれなかった。注目されるのは私の中にある勇者の力だけ。私個人を誰も見てはくれなかった」

「アリス……」

その気持ちはなんとなく分かる。

僕も周りの人から王子としてしか扱われず、寂しい思いをした記憶がある。

そんな僕が病まなかったのは、母上と騎士ガーランのおかげだ。

母上は息子として接してくれたし、ガーランは僕にまるで対等な友人のように接してくれた。

だけど親元からも離されたアリスにはそういう人はいなかったんだろう。

「でも……そんな私にも一人だけ、私を私として扱ってくれる人がいた。それがあんたよ、テオ」

突然名前を呼ばれて僕は「えっ？」とすっとんきょうな声を出す。

まさかここで僕の名前が出てくるとは思わなかった。

初めてアリスと会った時のことは覚えている。たくさんの大人に囲まれていた彼女は、ひどく寂しそうな顔をしていた。

そうだ、だから僕は彼女と友達になろうと思ったんだった。

「あの時は恥ずかしくて言えなかったけど……嬉《うれ》しかった。テオのおかげで私は私のままでいることができた。あのまま一人だったら大人たちに洗脳されて、ただ戦うだけの機械になりさがっていたかもしれない」

勇者の教育は確かに一種の洗脳と言える。

世のため人のため、戦い続けることを宿命付けられ、それを当然と思うように教育するんだ。

本当にそれが人のためになるならまだいいけど、偉い大人の中には勇者の力を自分の欲望のために使おうとする人もいるという。

もし洗脳されていたら、それが悪事と気づかずに行ってしまうかもしれない。

「だからテオ、ありがとう。私がこうしていられるのはあんたのおかげよ。心を許せる仲間にも出会えて、自分らしく生きることができてる」

「そんな、それは全部アリス自身の力だよ。僕の方こそアリスに助けられてるし」

「ふふっ、確かに。あんた、いつもは大人しいのになぜか厄介なことに顔を突っ込んでたものね」

アリスはおかしそうに笑う。

笑う彼女の仕草は勇者ではなく普通の女の子に見えた。

今みたいに笑えるようになれた理由の一つが僕なのであれば、これほど嬉しいことはない。

「……ねえテオ。一つ提案があるの」

「え？　なに？」

アリスの言葉に首を傾げる。

すると彼女はこちらに近づいてきて、僕の両手をぎゅっとつかむ。

「『加護』の話あったでしょ？　あれ、私でも試してみない？」

「ええ⁉」

突然の提案に僕は声を上げて驚く。

加護は強力な力を持った人が、大切に想《おも》っている人に力を与える行為。

アリスは強い力を持っているし、僕との付き合いも長いからできる可能性は確かに高い。だけど、

「どうやって渡すかは覚えてるよね……？」

「は、はあ⁉　なに意識してんのよこのスケベ！」

アリスは耳まで真っ赤にして叫ぶ。

そっちもめちゃくちゃ意識してるじゃん、という言葉は飲み込んでおく。

「なにもしないであんたに死なれるのも気分が悪いから仕方なくよ仕方なく！　ほら、分かったらジッとしなさい！」

「で、でも」

「なによ嫌だっていうの⁉」

「いや、もちろんそんなことはないけど、アリスが嫌かなって……」

「じゃあ黙ってなさい！」

ぐっと手を押さえられ、身動きを封じられる。

アリスは数度深呼吸すると、意を決したように僕のことをまっすぐ見つめてくる。

そしてゆっくりと近づいてきて……「ちゅ」っと唇を重ねてくる。

その優しくてたどたどしいキスに、僕は凄いドキドキしてしまう。

「ぷは……んっ」

「……っ⁉」

すぐに唇を離すアリスだけど、なんともう一回キスしてきた。

一回目はたどたどしかったけど、二回目は初めより上手だ。学習能力が高すぎる、これが勇者の力ってこと……⁉

長い時間二回目のキスをしていたアリスは、ゆっくりと顔を離す。

その顔は真っ赤だけど、どこか晴れやかだ。

「いい？　一回目のは勇者としてだけど、二回目のは私としてのやつだから」

「それって……」

「残念だったわね。仕方なくって言ったのはウソ。本当はずっとあんたとこうなりたかった」

そう言ってアリスはとす、と僕の胸に体を預けてくる。

ふわりといい匂いが鼻をくすぐる。突然の行為に僕の胸はきゅんとしてしまう。

「アリス……！」

その小さな肩を抱こうとすると、アリスはひょいと僕から体を離して避《よ》けてしまう。

「こ、これで終わりっ！　続きはこの戦いが終わったらねっ」

べー、と舌を出してアリスは言う。

なんだこのかわいい生き物は。まさかアリスにこんな気持ちを抱くなんて思わなかった。

「だから……ちゃんと生き抜きなさいよ。こんなところで死んだら許さないから」

アリスは最後にそう真剣な表情で言って、去って行く。

そっか、アリスの行動は僕に発破をかけるためでもあったんだ。

「女の子にあそこまで言わせちゃったんだ。頑張らなくちゃね」

アリスの気持ちに応えるためにも、絶対に勝って見せる。

僕はそう決心するのだった。

◇　◇　◇

「来ました！　アダマンタートルです！」

兵士の声が、辺りに響き渡る。

その場にいる全員の表情が引き締まる。心なしかゴーレムたちもどこか緊張しているように見える。

「あれがアダマンタートル……」

今までも双眼鏡で見ていたけど、実際に近くで見るとその迫力はケタ違いだ。

真っ黒な体皮と甲羅に、獰猛《どうもう》な顔。亀と言ったら大人しい見た目を想像するけど、アダマンタートルは地竜や飛竜よりも恐ろしい感じがした。

そしてなにより特筆するべきはその大きさだ。

まるで小さな山が丸ごと動いているかのごとき大きさ。あれがもし空から降ってきたらこの村なんか丸ごとぺちゃんこになってしまうだろう。

防衛に失敗したら、この村は壊滅する。

戦ってくれる人の中に死人が出てしまう可能性だって高い。それを考えると手が震える。だけど、

「大丈夫です、テオ様ならきっと成し遂げられます」

「そうよ。なんたって勇者《わたし》がついてるんだから」

レイラとアリスが、両脇から僕の手を片手ずつ握ってくれる。

その心強い言葉で震えはすっかり止まる。

「ありがとう二人とも。もう大丈夫」

そう言うとレイラは薄く微笑《ほほえ》み、アリスはニッと明るく笑う。

二人の期待に応えるためにも頑張らなくちゃ。

「アダマンタートル、まもなく魔導砲射程圏内に入ります！」

「分かりました。射程内に入り次第、収束弾を発射してください。それとマルティナさん、彼らに魔法をお願いします」

アリスの仲間である魔法使いマルティナさんにそう頼むと、彼女はとんがり帽子を目深《まぶか》に被《かぶ》ったまま「は、はいっ」と言う。

「えいっ、視力強化《ホークアイ》！」

魔法が発動して、魔導砲の砲手四人に強化《バフ》がかかる。

マルティナさんはアリスと同年代の若い魔法使いだ。背も低く、侮られることも多いらしいけど、その実力は折り紙付きだ。

強化魔法は複雑で攻撃魔法より習得が難しいと言うけど、彼女は現存するほぼ全ての強化魔法を習得しているらしい。ギフト頼みの馬鹿兄《ニルス》とはえらい違いだ。

「凄い……遠くが良く見える！　これなら外す気がしない！」

砲手の兵士が興奮したように言う。

どうやら強化《バフ》は有効に作用しているみたいだ。

「ありがとうございますマルティナさん」

「は、はひ！　おやすいごようです……」

マルティナさんは恥ずかしそうに帽子をさらに深く被って目を隠す。

うーん、もう少し仲良くなりたいんだけど、どうすればいいんだろう。

まあでもそれは今度考えればいいか、今はアダマンタートルをどうにかすることに集中しないと。

「アダマンタートル、射程範囲内に入ります！　残り五秒、四、三、二、一……」

「魔導砲、発射してください！」

ドウン!!　という爆音とともに、四門の魔導砲から砲弾が発射される。

今回使う『収束弾』は自動製作《オートクラフト》で作った特製の弾だ。爆発力は普通の砲弾に劣るけど、その分射程と貫通能力に優れる。

硬い体皮を持つアダマンタートルに対抗するため、魔石を消費してこの弾を作ったんだ。

放たれた収束弾はまっすぐに進み……そしてアダマンタートルに全て命中する。

命中した収束弾はしばらく回転しながら対象を掘り進み、そして弾内部の魔力を収束し先端から炸裂《さくれつ》させる。

その機構は問題なく動いたようで、アダマンタートルの体が爆発する。だけど……。

「アダマンタートル、依然速度変わらず接近してきます！」

「やっぱりこれくらいじゃ無理か……」

速度を遅らせることくらいはできるかと思ったけど、それすらも叶《かな》わなかった。

やっぱり凄い硬さだ。サナさんの提案通り体内に攻撃をお見舞いしないと駄目そうだね。

「地上部隊のみんな、準備お願いします」

そう指示を出すと、地上でアダマンタートルを足止めする役割のみんなが頷く。

レイラにアリス、そしてゴーレムのゴームとガルムの四人だ。この四人ならアダマンタートルに接近しても大丈夫だと思う。

「危険だと思うけど……よろしくお願いします」

「お任せください。必ずやテオ様に勝利をお捧げいたします」

「ま、テオはここで待ってなさい。すぐに終わるわ」

「ゴ――ッ!!」

「ガウッッ!!」

四人は頼もしくそう言うと、地上に降りてアダマンタートルのもとに向かう。ちなみに四人ともマルティナさんから強化魔法『全能力向上《オールアップ》』を受けている。

サナさんとマルティナさんもアダマンタートルと戦えるとは思うけど、城壁に残って兵士の指揮や魔法での支援を担当してもらっている。

全員を前線に送ると戦力が偏っちゃうし、ここにいてくれると僕としても助かる。

「わふぅ……」

見れば僕の隣でフェンリルのシルクが不安そうにしていた。

まだシルクは子どもだ。戦いが怖いんだろうね。

「大丈夫、きっと勝てるよ」

頭をなでてそう言うと、シルクは「わんっ！」と元気良く鳴く。

避難している村の人たちも、きっと不安になっているだろう。勝って早く安心させないとね。

「すまんな。力になれなくて」

その言葉に振り返ると、そこには同じフェンリルのルーナさんがいた。

いつも余裕な彼女にしては珍しく、険しい表情を浮かべている。

「我のような力のある神獣が瘴気《しょうき》を持つ者相手に大きな力を振るうと、より悪《あ》しき者を引き寄せてしまう。それさえなければあのような亀、我が仕留めたのだが……」

悔しげにルーナさんは語る。

弱いモンスターを倒す程度なら平気らしいけど、アダマンタートルのような強敵と戦うと、良くないことが起こるらしい。だから今回もルーナさんは前線に出ず、ここに残ってもらっているのだ。

「構いませんよ。村の人たちを守って下さるだけでとても助かってます。ここは僕たちに任せてください」

「……感謝する。その代わり村の者たちは絶対に守ると誓おう」

ルーナさんはそう言うと村の人たちが集まっている避難所に去って行く。彼女の力を借りられないのは痛いけど、今の僕たちならなんとかできるはずだ。頑張らなくちゃね。

『オオオオオオッ！！！』

城壁近くまで接近してきたアダマンタートルが咆《ほ》える。

凄い声だ。城壁がビリビリと揺れているのが分かる。

「……それにしても、なんでアダマンタートルが襲ってきたんだろう。偶然、にしては出来すぎているような」

「そうですね、なにか理由があるのかもしれません」

僕の呟《つぶや》きにサナさんが反応してくれる。

「理由ですか？」

「はい。アダマンタートルは普段は大人しいモンスターです。しかし一度敵対すると、しつこく追ってくる習性があります。なにかしらの理由で人間を憎む状態になっている可能性もあります」

「なるほど……」

明らかにアダマンタートルはこちらに敵意を持っている。

人間となにかトラブルがあった可能性は高いね。なにがあったかは気になるけど、ひとまず今は目の前のことに集中だ。

「おそらく先の地竜と飛竜はこのアダマンタートルから逃げてこちらに来たんでしょう。となるとこれを倒せばしばらくモンスターは来ないはず。頑張りましょう」

「はい。絶対に勝ちましょう」

僕は城壁の上から下を見る。

そこでは地上部隊のアリスたちが、アダマンタートルに向かって走っていた。

◇　◇　◇

「はあああっ!!」

勇者の剣を手に、アリスが走る。

目標は自分より遥《はる》かに大きなモンスター、アダマンタートル。

アリスはアダマンタートルの前足めがけて、剣を振るう。

「────そこっ！」

アリスの鋭い一撃が、アダマンタートルの前足に命中する。

キィン！　という金属同士がぶつかり合うような甲高い音が響き、アダマンタートルの足に薄く傷が入る。

「はあ!?　硬すぎない!?」

アダマンタートルはその名の通り『アダマンタイト』並みに硬い体皮をしている。並の剣では刀身がへし折れてしまうだろう。

傷をつけられただけでもアリスは凄いのだが……彼女は納得していなかった。

「ふんっ、大砲なんか使わなくても私が倒してやるわ！」

テオドルフにいいところを見せたいアリスは、果敢に斬りかかる。

だがアダマンタートルはそれを許さない。薄傷でも付けられたことをアダマンタートルは許せなかった。矮小《わいしょう》な人間が自分を傷つけるなど許容できない。

『オアアアッ‼』

アダマンタートルは口に魔力を溜《た》め込《こ》み、足元を向く。

そして溜め込んだ魔力をアリスに向かって放出する。それは一つの街を消し去るほどの威力を誇るアダマンタートルの必殺技だ。

「あ、まず」

攻撃に夢中になっていたアリスは、回避が遅れる。

普段であれば仲間のサナとマルティナがアシストしてくれるが、今この場にはいない。直撃を覚悟するアリスだが、思わぬ人物が彼女のもとにやってくる。

「……はっ！」

それはメイドのレイラだった。

彼女は高速でアリスのもとにやってくると、彼女を抱えてその場を去る。

すると次の瞬間今までアリスがいた場所がアダマンタートルの攻撃によって消し飛ぶ。

あと少し遅れていれば直撃は避けられなかっただろう。

「あんた、どうして……」

「アリス様が傷つけば、テオ様も傷つかれます。それだけです」

「なるほどね……助かったわ。礼を言う」

「構いません。それより今はあれに集中を」

「ふんっ、誰に言ってんのよ！」

アリスとレイラはお互いをカバーするようにアダマンタートルと戦う。

共闘するのは初めてだったが、二人の息はバッチリと合っていた。ゴームとガルムもその戦いに加わり、アダマンタートルの足止めを遂行する。

「大砲、発射してください！」

アリスたちが足止めしている間、城壁につけられた十門の大砲によって砲撃が行われる。

それらは普通の大砲であり、アダマンタートルにダメージを与えられる威力はない。あくまでこの攻撃は気を引くためのもの、本命は口を開いた時に撃ち込む魔導砲だ。

『ウウ……オアアッ‼』

大砲をうっとうしく感じたのか、アダマンタートルはその大きな口に魔力を溜め込み、城壁に狙いを付ける。

千載一遇のチャンス。四門の魔導砲がアダマンタートルに狙いをつける。

「今です！　発射！」

魔導砲から一斉に砲弾が放たれる。

狙いすまされた砲弾は、全てアダマンタートルの口内に入る。

「やった！」

テオドルフが喜んだ次の瞬間、砲弾がアダマンタートルの体内でボンッ！　と爆発する。

その衝撃でアダマンタートルの体は大きく揺れ、その場に膝をつく。アダマンタートルの顔は苦しそうで口からは煙を吹いている。

どうやらダメージは甚大なようだ。

「やった！　これなら……」

勝ちを確信するテオドルフ。

兵士たちからも歓声が上がる。

しかしアダマンタートルの目はまだ死んではいなかった。

『ウ、オ、オオ、ガアアアアアッ！！！』

アダマンタートルは怒りの咆哮《ほうこう》を上げると、立ち上がる。

そしてズシンズシンと城壁めがけて突進してくる。アリスとレイラ、そしてゴーレムたちが攻撃して足止めしようとするが、アダマンタートルはそれを気にせず走り続ける。

「マズい！　あいつ無理やり城壁を突破するつもりだ！」

最悪の事態に、サナの顔が曇る。

もしこの城壁が崩されれば、上にいる兵士は死に、城壁の裏にある村も壊滅するだろう。

なんとしてもそれは阻止しなければいけない。しかしやぶれかぶれで突っ込んでくるアダマンタートルを止める方法を彼女は思いつかなかった。

混乱する一同。

そんな中、一人の人物が動く。

「シルク、背中に乗せて！」

「わんっ！」

動いたのはテオドルフだった。

彼は自分にくっついていたフェンリルの背中に飛び乗り、城壁のはじっこまで移動する。

「テオドルフ様⁉　なにを‼」

「サナさんは指揮をお願いします！　あれは……僕が止めます！」

テオドルフが背中をとん、と叩くと、シルクは城壁を垂直に駆け下りていい、い、い、く。

呆気《あっけ》に取られるサナだが「わ、分かりました！」と返事をしてその背中を見送る。

「頼みましたよ、殿下……」

混乱する兵士をまとめながら、サナは一人そう呟くのだった。

◇　◇　◇

シルクの背に乗り、僕は猛スピードでアダマンタートルに接近する。

危険は百も承知、もしあの巨体がかすりでもしたら僕なんて簡単にバラバラになってしまうだろう。

でもこのまま村が壊滅するのを黙って見ているわけにはいかない。

ここはみんなで作った居場所だ。絶対に守り抜いてみせる。

『アアアアッ‼』

咆哮を上げながら突っ込んでくるアダマンタートル。

完全に怒り狂っている、これじゃ多少の攻撃では気を引くこともできない。物理的に動きを止めないと効果はないだろう。

「シルク、危ないかもしれないけどぎりぎりまで接近して」

「わんっ！」

シルクは僕の無茶な要望を迷わず飲んでくれる。

そしてアダマンタートルの巨大な前足に接近した僕は、その足元めがけて自動製作《オートクラフト》の力を発動する。

「自動製作《オートクラフト》……落とし穴！」

アダマンタートルの足の真下に、巨大な落とし穴を作り出す。

穴ができた瞬間、アダマンタートルの前足はズボッ‼　とその穴の中に落ちる。

『ゴアッ⁉』

驚いたように声を出すアダマンタートル。

落とし穴はかなり深く作った。前足は完全に土の中に埋まり、走っていたアダマンタートルは体勢を崩して盛大に転ぶ。

「よし……っ！　うまくいった！」

城壁の上でアダマンタートルが侵攻しているところを見ながら、僕は無意識の内にどうやったらあれを倒せるかを頭の中で考えていた。

今使えるアイテム、能力でどうすれば最大限の力を発揮できるか、どうすれば相手の弱点をつけるのか。これは前世でゲームをやって培った能力だ。

まさかゲーム脳が役に立つ日が来るなんて思わなかった。

『グウ……オアアアッ!!』

地面から足を引き抜いたアダマンタートルは、僕を見ながら怒りの咆哮を上げる。

どうやら僕が落とし穴を作ったと理解しているみたいだ。怒りの矛先を僕に向け、その長い首を動かして噛《か》みついてくる。

「自動製作《オートクラフト》、塔！」

石造りの塔を地面から生やして、塔の先端部でアダマンタートルの顎を下からガツン!! と殴りつける。

『アガッ!?』

意識外から超重量級のアッパーを食らったアダマンタートルはその場でふらつく。どうやら脳が揺れて脳震盪《のうしんとう》を起こしたみたいだ。

いくら頭が硬いといってもその中身はやわらかい。こういう攻撃も有効みたいだね。

「テオ様!?　なんでこちらに!?」

「あんた危ないわよ！」

アダマンタートルが脳震盪を起こしている間に、レイラとアリスが近づいてくる。

二人とも少し疲れてるように見える。遅れてやって来たゴームとガルムも結構いっぱいいっぱいそうだ。

「僕も戦うよ。『自動製作《オートクラフト》』の力は役に立つはず。足は引っ張らないから……お願い」

最初は渋っていたレイラとアリスだけど、真剣に頼むとそれを了承してくれる。

よし、みんなで絶対に勝つぞ。

「でもどうやってアレを倒すっていうの？　頼みの魔導砲でも倒しきれなかったし」

「もう一度あれをできれば倒せそうだけど、警戒して口を開かなくなっちゃったよね……」

アダマンタートルは頭が働くみたいで、魔導砲を警戒して魔力の塊を吐かなくなってしまった。

僕に噛みつこうとした時も魔導砲を警戒して下を向きながら、少しだけ口を開けるにとどめていた。もう一度魔導砲を撃ち込むのは不可能だろう。

どうしようと僕とアリスが悩んでいると、レイラがぽつりと口を開く。

「一つだけ、方法があるかもしれません」

「へ？　なに？」

「先程アダマンタートルの近くを通った時、甲羅の腹側にヒビが入っているのを見かけました。おそらく魔導砲が体内で爆発した時に入ったものでしょう。あそこは他の場所より脆《もろ》くなっているはずです」

甲羅の腹側は盲点だった。

確かにそこは甲羅の上側より柔らかそうだ。重い一撃を叩き込めば、割ることも不可能じゃないかもしれない。

僕は頭の中で想像《シミュレート》して、倒す方法を考える。

「……僕に考えがある。だけどそれにはみんなの力が必要だ。お願いできる？」

おそるおそるそう尋ねると、レイラとアリス、そして二人のゴーレムは迷いなく頷いてくれる。

そして足の下にいるシルクも「わふっ！」と同意してくれる。

こんなに信頼してくれる仲間がいるなんて僕は幸せものだね。

「それじゃあ作戦を話すね……」

考えた作戦をみんなに伝える。

そうしている間にふらついていたアダマンタートルが元気を取り戻す。どうやら休憩時間は終わりみたいだ。

「それじゃあみんな……勝ってまた会おうね！」

「はい、必ずや役目を遂行してみせます」

「こっちは任せなさい！」

「ゴーッ!!」

「ガウッ!!」

頼もしく返事をしたみんなは、作戦通りに散らばっていく。

よし、僕も自分の役目を果たすぞ！

◇　◇　◇

テオドルフと別れたレイラ、アリス、ゴーム、ガルムの四人はそれぞれアダマンタートルの四本の足に向かう。

その間にテオドルフはシルクに乗ってアダマンタートルの腹の下に向かう。

頭上にはヒビの入った大きな甲羅がある、後は仲間が役目を果たしてくれるのを待つだけだ。

「頼んだよ、みんな……！」

彼の立てた作戦には四人全員の協力が不可欠だった。

その期待に応えるため、四人は全力で与えられた役目を遂行する。

「食らいなさい！　大勇斬《ブレイブ・スラッシュ》！」

アリスが叫びながら、アダマンタートルの右前足を斬りつける。

勇者には女神より与えられた『神力《しんりょく》』が宿っている。それを込めた斬撃の威力は人知を超えたものとなる。

アダマンタートルの足には深い傷が入り、血が噴き出る。

『ガアアアアアッ⁉』

叫びながら体勢を崩すアダマンタートル。

その隙を見逃さずレイラも追撃をする。

「オルスティン流剣術――――銀閃《ぎんせん》・三連華《さんれんか》」

目にも留まらぬ速さで放たれる、三つの剣閃《けんせん》。

それらは一つに重なり、アダマンタートルの左後足に同時に打ち込まれる。

『ゴアッ⁉』

今度は左後足を深く斬られ、体勢を大きく崩す。

元気なのは左前足と右後足のみ、その二点を攻められれば立っていられなくなるだろう。

「ゴーッ‼」

「ガウッ‼」

その二ヵ所には、すでに二人のゴーレムが向かっていた。

一番体の立派なゴームの右腕には、大きな杭のような武器がついている。それは先程テオドルフに作ってもらった、ゴームの新しい武器だった。

ゴームはその先端をアダマンタートルの右後足に当てて、それを起動する。

「ゴ――ッ‼」

装置が起動すると、杭《くい》が高速で回転し、そして超高速で射出される。

それはいわゆる『パイルバンカー』と呼ばれる武器であった。硬い杭を魔力による爆発で射出し、対象に穴を空ける特殊な武器だ。

射程《リーチ》は短く、反動も物凄《ものすご》いというピーキーな性能をしているが、その威力は凄《すさ》まじい。パイルバンカーを撃ち込まれたアダマンタートルの足は大きく傷つき、立っているのが困難になる。

これで三本の足が負傷したことになるが、まだアダマンタートルはギリギリ立っていた。

負傷した足に力を入れ、必死に堪《こら》えている。矮小な人間の攻撃で倒れることはプライドが許さなかった。

しかしそんなアダマンタートルにトドメを刺すように、元ゴブリンキングのゴーレム、ガルムが唯一無傷の左前足に向かって、手にした大ナタを振るう。

「ガウッ!!」

ナタがアダマンタートルの足に命中する。

だが……その一撃は表皮をわずかに傷つけただけで、十分なダメージを与えるには至らなかった。

「ガ……ッ!?」

驚きと悔しさを滲《にじ》ませた声を出すガルム。

確かにガルムは強いゴーレムだ。しかしレイラやアリスといった一流の戦士には及ばない。ゴーレムは新武器のおかげでなんとかなったが、ガルムの大ナタではアダマンタートルの防御を貫通することができなかった。

異変を察知したレイラとアリスは、ガルムのもとに向かおうとする。

しかしそうすればその間につけた傷が塞がってしまうだろう。アダマンタートルは防御力だけでなく再生力も非常に高いモンスターなのだ。

どうする、どうすればこの場を切り抜けられる。

悩む一同を救ったのは、意外な人物だった。

『この足を切ればいいんだな？　任せておけ』

現れたのは、フェンリルのルーナであった。

彼女はいつもの人型ではなく、巨大な狼《おおかみ》の姿となっており、その鋭い爪でアダマンタートルの左前足を切り裂いた。

『力を使うのは良くないが……まあ一瞬であれば大丈夫だろう。後は任せたぞ、テオドルフ』

四本の足全てに大きな損傷《ダメージ》を負ったアダマンタートルは、自重を支えきれなくなり、その体を地面に落下させる。

そしてその真下には、テオドルフがいる。

まるで空が落ちてくるかのような感覚を、彼は覚えていた。

「みんなありがとう、後は僕が……！」

ひび割れた甲羅が物凄い勢いで落下してくる。

これこそがテオドルフが立てた作戦でもっとも大事な場面だった。

落下してくるアダマンタートルの甲羅の腹側は、魔導砲でヒビが入っている。

その場所に狙いを定めて、テオドルフは自動製作《オートクラフト》を発動する。

「自動製作《オートクラフト》、鉄塔（特大）‼」

貴重な鉄を使い果たし、テオドルフは巨大な鉄の塔を作り出す。

その姿はもといた世界に存在する大きな鉄塔『東京タワー』に似ていた。

素材が足りないせいで本物より小さめだが、その先端の鋭さは変わらない。

異世界生まれの東京タワーは落下してきたアダマンタートルのひび割れた甲羅にぶつかると、そのまま体内に突き刺さる。

『ガアアアアアッ!!』

大きな断末魔を上げたアダマンタートルは、そのままぐったりと動かなくなる。

強大な生命力を持つアダマンタートルでも、さすがに耐えきれなかったようだ。

「やっ……た」

それを見たテオドルフは、そう呟きながらゆっくりと地面に倒れる。

大きくて複雑な物を作るほど、体にかかる負荷は大きい。地竜と飛竜との戦いからほぼ休みなしで動いていたのもあって、テオドルフには疲労が溜《た》まっていた。

ゆっくり閉じていく視界の端で、レイラとアリスがこちらに向かってくるのを見ながら、テオドルフは意識を失うのだった。

◇　◇　◇

「むにゃ……んん……？」

深いまどろみの中から、僕は目を覚ます。

薄く目を開けると、辺りは少し暗い。

あれ？　朝じゃない？

えーと昨日は普通に寝て……ない。

いったいなにをしてたんだっけと、まだぼーっとする頭で考える。

確かローランさんたちが来て、その後に地竜と飛竜が襲ってきてって……そうだ！

「アダマンタートルは⁉」

ガバッと起き上がり、周りを確認する。

するとそこでは……村の人たちが盛大に宴《うたげ》を開いていた。

「おい！　テオドルフ様が目を覚ましたぞ！」

「大丈夫ですか？　お体は痛みませんか？」

「これ食べてくださいよテオドルフ様！　美味しいですよ！」

一斉に村の人たちが詰め寄ってきて、僕は「わ、わ、わ」と慌ててしまう。

ど、どうしようと思っていると、騒ぎを聞きつけたレイラがこちらにずんずんと近づいてくる。

「あ、レイラ。おはよ……」

言葉を言い終わる前に、レイラはガバッと僕を抱きしめる。

びっくりして逃げそうになるけど、レイラの体が震えていることに気がつき、動くのをやめる。

「よかった……本当に……」

「レイラ……心配かけちゃってごめんね」

そう言ってしばらく背中をなでていると、レイラは体を離す。

顔はいつも通り無表情だけど、目の下が少し赤くなっている。よほど心配させちゃったみたいだ。気をつけないと。

「えっと、起きて早々だけど。あれからどうなったか教えてくれる？」

「はい。もちろんです」

レイラは僕が気を失ってからのことを話してくれる。

アダマンタートルは無事僕の最後の一撃で倒すことができたそうだ。そして僕の意識がない間に、大解体作業が始まり、腐りやすい部位から回収されたという。

ちなみに村には魔石を使って自動製作《オートクラフト》した、冷蔵機能を備えた倉庫がある。亀の肉はそこで保管してくれているみたいだ。

さすがにアダマンタートルの全てを運ぶことはできなかったみたいだけど、明日も頑張ればなんとかなりそうだ。次元収納《インベントリ》の力もあるしね。

「まだお疲れでしょう。アダマンタートルのお肉でスープを作りましたのでぜひご賞味ください」

「うん、いただくよ」

もらったお皿の中には、アダマンタートルのお肉以外にも村で採れた野菜がごろごろと入っていた。じゃがいも・人参《にんじん》・玉ねぎ、どれも元の世界にもあった野菜ばかりなので馴染《なじ》み深い。

だけどこのアダマンタートルのお肉は初めてなので少し怖い。瘴気に侵されていない部位を選んでくれたみたいだけど、それでも不安だ。

おそるおそる透明なスープの中にスプーンを入れて、お肉と一緒に食べる。すると、

「……っ！　おいしい！」

そのお肉は臭みがまったくなく、口の中でほろほろと解けていく。スープは野菜と肉の旨《うま》みが溶けていて、そこに香草のアクセントが加わってとても美味しかった。

アダマンタートルの肉は硬くてクセが強そうなイメージがあったけど、全然そんなことはなかった。レイラが下処理と調理をしっかりやってくれたおかげもあると思うけどね。

疲れていた僕はガツガツと食べ進み、一瞬で完食してしまう。

「ありがとう。とっても美味しかったよ」

レイラにお礼を言って、僕は立ち上がる。

まだ疲れが残ってるけど、まあ歩くくらいなら平気そうだね。

「大丈夫ですか？　せっかくの宴だから僕も少し見て回りたいんだ」

「大丈夫、せっかくの宴だから僕も少し見て回りたいんだ」

「……かしこまりました。あまり無理せず、疲れたらすぐに休んでくださいね」

レイラの言葉に頷いて、僕は歩き始める。

村の人たちは宴を楽しんでいるみたいだった。お腹いっぱい食べて、騒いで。子どもも大人もみんな笑顔だ。

そしてみんな僕を見る度に笑顔でお礼を言ってくれる。

みんなの幸せそうな顔を見ていると、村を作って本当によかったと思える。

「テオドルフ様、ご無事なようでなによりです」

そう話しかけてきたのは商人のローランさんだった。そういえばこの人が来てから立て続けにモンスターが襲ってきたんだった。

せっかく来てくれたのに、全然おもてなしできてなかったね。

「わざわざ来ていただいたのに、慌ただしくてすみません。いつもここまではないんですけど……」

「いえ、とんでもありません。竜の素材を融通していただけましたので、私としてはむしろ喜ばしいです」

ニコニコと笑みを浮かべるローランさん。

商人はたくましい。

「そういえばアンさんの姿が見えませんが……」

「あいつでしたら……あちらに」

ローランさんの視線の先には、村の人と一緒になって宴を楽しむアンさんの姿があった。もうすっかり村の一員みたいに馴染んでいる。コミュ力が高い……！

「部外者なのにはしゃいでしまって申し訳ありません。強く言って聞かせますので」

「いえ、楽しんでくださっているならなによりです。ローランさんもあまり気を張らず楽しんでくださいね」

「寛大なお言葉、ありがとうございます」

その後、少しだけ商談をしてローランさんと別れる。

彼らはまだ村に滞在できるみたいなので、細かい話は後でいいだろう。

「テオ！　目を覚ましたのね！」

歩いていると、急にアリスがやって来て抱きついてくる。

しばらくそうしていた彼女だったけど、途中で恥ずかしそうに離れる。意外と照れ屋なところもあってかわいい。

「もう大丈夫なの？」

「うん。ほらピンピンして……いたた」

「ちょっと、あんま無理しちゃダメよ。あんたは体が強いわけじゃないんだから」

「ははは、ごめんね」

そこまで話して、僕たちは無言になる。

きっとアリスも僕と同じでアダマンタートルと戦う前のことを思い出してしまったんだ。レイラ以外の人からあんな風に好意を向けられたのは初めてのことなので、とても恥ずかしい。

前は普通に話せてたのに、今はそれが難しい。

「えっと……そうだ、アリスのおかげで助かったよ。勇者の加護がなかったらきっと勝てなかった」

アリスから貰《もら》った『勇者の加護』を鑑定で調べると、次のように出た。

加護：勇者の加護

魔を滅する勇者の力。神の力を上手《うま》く扱えるようになる。魔族や悪魔、瘴気を持つ者相手に強い力を発揮できるようになる。

大事なのは『神の力を上手く扱えるようになる』のところ。

この加護は女神様から貰った『自動製作《オートクラフト》』にも適用されて、前より大きなものを素早く作れるようになっていた。

アダマンタートル戦ではこれが凄く役に立った。

「ふうん……それなら良かったわ。ま、あんなに恥ずかしい思いをしたんだから少しくらい役に立ってくれないとね」

アリスはそう言うと、僕から視線を外しながら、そっけない感じで裾を掴《つか》んでくる。

「そ、そんなに役に立ったなら、もう一度その、してあげてもいいわよ？　約束……しちゃったし」

顔が見えないように明後日《あさって》の方向を向いているけど、耳が真っ赤になっているので恥ずかしがっているのことが良く分かる。か、可愛《かわい》すぎる……。

「ねえ、来て……？」

いつもの彼女からは想像がつかない、ねだるような声。

僕はその言葉にこくこくと頷き、彼女についていく。

やって来たのは、アリスと仲間のサナさんとマルティナさんの三人がいつも使っている家。ゲスト用として用意した家でそこそこ大きく家具も揃《そろ》っている。

彼女たちが使い始めてからは中に入ってないので、少しドキドキする。考えてみれば女の子の家にお邪魔するなんて前世含めて初めての経験だ。

「おじゃましまーす……」

サナさんとマルティナさんは宴に出ているので家には誰もいないが、なぜか声を潜めて入る。家の中は彼女たちの荷物が置かれているけど、あまり変わってない。

綺麗《きれい》に使ってくれているみたいだね……などと考えていると、突然アリスが右手を僕の頭の横に出し、後ろの壁にドン！　と当てる。

いわゆる壁ドンというやつだ。まさかされる側になるとは思わなかった。

「言っとくけど……今日は帰すつもりないから。覚悟しなさい」

「は、はい」

イケメンな告白を受け、僕はただ首を縦に振ることしかできなかった。

するとアリスはゆっくりと顔を近づけてきて、あの時の続きを再開する。

「ん、ちゅ……んむっ……」

アリスは抑えてきたものを解き放つように、激しくキスを重ねてくる。

彼女の大きな胸も体に当たり、むにゅりと形を変えている。

「テオ……好き……っ♡」

甘えたような声を時折漏らしながら、アリスは何度もキスしてくる。

こんなに好意を持ってくれていたなんて驚きだ。その想いに応えるように、僕は彼女の細い腰に手を回し、強く抱きしめる。

するとアリスは驚いたようにビクッと体を跳ねさせる。

「ば、ばか。びっくりするじゃない……」

恥ずかしそうに言うアリス。かわいい。

それを見て少し意地悪をしたくなった僕は、再び彼女を抱きしめて強引にキスをする。

「ちょ、なにし……んっ♡　あんま調子に、んあ……♡」

攻められることには弱いのか、アリスはされるがまま体を委ねてくる。

ふにゃりとした顔をする彼女はしばらくすると自分がいいようにされていることに気がつき、僕の額にビシッとデコピンする。

「いだっ」

「お、終わりっ！　調子乗りすぎよ！」

「ご、ごめん」

「……まったく。次は今みたいにいいようになんかされないんだから。覚えときなさい」

アリスはそう言って可愛らしい笑顔を僕に向けてくれるのだった。

◇　◇　◇

アダマンタートルとの戦いを終えた日の夜。

アリスと別れ、自宅に戻った僕は疲れた体をベッドに預け、すぐに夢の世界へと落ちていった。

そして気がつくと……周囲が真っ白な空間にいた。

この場所には見覚えがある。もしかして、

「ぱんぱかぱーん！　また会えましたねテオくん！　待ってましたよ！」

「わっ！　女神様⁉」

突然現れ、僕に話しかけてきたのは以前会ったことがある、女神様だった。

僕はこの人のおかげで『自動製作《オートクラフト》』の力を得て、そしてこの世界に転生した。

他にもこの人には女神の加護に鑑定能力、そして神金属《ゴッドメタル》まで貰ってる。……よくよく考えたら貰いすぎな気もする。ちゃんと感謝しないとね。

「見てましたよテオくんの活躍は！　いやあさすが私が見込んだ子なだけはあります。フェンリルを助け、ゴブリンに襲われていた人たちを救出！　更に竜を倒しただけじゃなくてあんな大きな亀まで倒しちゃうなんて！　私も鼻が高いです、えっへん」

女神様は腰に手を当て、大きな胸を張る。

まさか多くの人に信奉されている女神様がこんな親しみやすい性格をしているなんて、知ったらみんなびっくりするだろうね。

「お褒めの言葉、ありがとうございます。でも僕はみんなの力を借りただけです。特に女神様から貰った力がなければ、なにもできませんでした。本当に感謝しています」

「テオくんはなんと謙虚なんでしょう！　うう、愛《いと》しすぎる、このまま天界に監禁したい……」

なにやら恐ろしい言葉が聞こえた気がするけど、気のせいだよね？

女神様がそんなこと考えるはずがない。レイラじゃないんだから……などと考えていると、

「その子がテオドルフくんかい？　なるほど、確かにウェスタ好みの可愛らしい子だね」

突然声が聞こえてくるのでそちらに視線を移すと、そこには赤い髪の女性が立っていた。凜々《りり》しい顔つきの綺麗な女性だ。この人は誰だろう？

「あ、紹介するねテオくん。彼女はアテネ、私の大親友で女神の一人よ」

「そうなんですね。初めまして……って、女神⁉」

女神様の言葉に、僕は声を出して驚く。

だって女神様が二人もいるなんて聞いたことがない。女神様は唯一神で、他に神は存在しないというのが女神教の教えだ。

王家に『ギフト』を授けるのも、勇者に『勇者の力』を授けるのも、同じ女神。そう教えられてきたのに。

「あはは、驚いちゃうよね。地上では私たちは一人だって教えられているだろうから」

「しかし神《わたし》たちは一人ではない。人《きみ》たちと同じように、何人もいるんだよ」

まさかの事実に呆然《ぼうぜん》とする。

地球生まれの僕ですら驚くんだ、異世界生まれの人はもっと驚くだろうね。

「でもなんで女神様は一人だと思われているんですか？　誰かの陰謀……とかですか？」

「いいえ、私たち女神が複数いるというのは、わざと隠しているの」

女神様……ここでは僕に力をくれた方、アテネ様がウェスタと呼んでいた方の女神様が説明してくれる。

「私たちは仲がいいけど、信奉してくれる人同士が仲良くしてくれるとは限らない。神の数だけ宗派ができれば、宗派《それ》同士は争いを起こしてしまう」

「ゆえに私たちは一人であることにしたというわけだ。宗派が同じであれば、争いは減る。もちろん完全に争いをなくせるわけじゃないけどね」

二人の女神様の言葉に、僕は「なるほど……」と納得する。

今でさえ女神様を信奉する者同士で小競り合いはある。複数の女神様がいるなんて分かった日にはその争いは更に激化するだろう。それを見越して女神様たちは自分たちが一人であると偽ったんだ。

「改めて挨拶をさせてもらおう。私は『戦《いくさ》』の女神、アテネだ。勇者の力を与える役目を担っている」

「僕はテオドルフ・フォルレアンです。よろしくお願いします、アテネ様」

「ああ、よろしく、テオドルフくん。それと『様』だなんてかしこまらなくていいよ。仲良くしようじゃないか」

そう言ってアテネ様、じゃなくてアテネさんは僕と握手してくれた。

まさか女神様と仲良くなれるなんて、緊張する。

「あー！　アテネずるい！　私の方がテオくんと先に知り合ったのに！　ね、ね、私のことは『ウェスタ』って呼び捨てにしていいからね♪」

「いや、さすがにそれは不敬すぎてできませんよ……」

「むーっ！」

ウェスタさんは可愛らしく頬を膨らませて怒る。

そうされても無理なものは無理だ。神様を呼び捨てにする勇気は僕にはない。

「ひどいわテオくん。勇者の子とはあんなことやこんなことまでしてたのに、私とは仲良くしてくれないんだ！」

「え、ちょ、見てたんですか⁉」

ウェスタさんの言葉に、僕は焦る。

するとアテネさんがおかしそうに笑いながら教えてくれる。

「女神《わたし》たちに隠し事はできないよ。ふふ、それにしても意地っ張りなアリスがあそこまで心を許すとはなかなかやるね」

「うう、恥ずかしすぎる……」

しばらく僕は羞恥にもだえ苦しんだ。

まさか見られていたなんて……。

「とにかく！　最近テオくんは頑張ってます！　それを労《ねぎら》うために今日は呼びました！」

「労う……ですか？」

「はい！　まずはログインボーナスです！」

どこで覚えたのか、ウェスタさんは俗っぽい言葉を言いながら僕に白く輝く鉱石を手渡してくれる。

「これって神金属《ゴッドメタル》ですか⁉　ありがとうございます！」

「私のへそくりです。大事に使ってくださいね。それと……」

ウェスタさんはすすす、と僕の右隣に来る。

するとアテネさんも左隣に来て、僕は女神様に挟まれる。

そして二人は同時に僕の頬に「ちゅ」とキスをしてきた。

「え⁉」

「ふふ、加護の更新です♪　これからも大変なことが続くと思いますが頑張ってくださいね」

「アリスによろしく伝えておいておくれ。彼女は頑張りすぎるところがあるから、支えてあげてほしい」

二人がそう言うと、段々意識が遠のいていく。

どうやらここにいられる時間も終わりみたいだ。

僕は二人の女神様に「はい、頑張ります」と返事をして、元の世界に戻っていくのだった。

◇　◇　◇

フォルニア王国、王都フォーレイス。

そこにそびえる立派な王城の一室に、その男はいた。

「くく、今頃奴は絶望に打ちひしがれているだろうな。いい気味だ」

窓の下に広がる夜の王都を見ながら、赤い葡萄酒《ぶどうしゅ》を飲むのは、テオドルフの兄にしてフォルニア王国第二王子、ニルス・フォルレアンだった。

「あいつも馬鹿なやつだ。大人しくあのボロ小屋で過ごしていればいいものを」

くく、と嗤《わら》うニルス。

テオドルフを死の大地へと送った彼は、それで満足しなかった。

少ししてから密偵を雇い、テオドルフの動向を探っていたのだ。そしてどんなに苦しんでいるかを詳細に報告しろと命じていた。

しかしその報告は彼の想像していたものとは真逆であった。

テオドルフの村が発展していると聞いた時、ニルスはおおいにたまげた。驚きすぎて椅子から転げ落ちたほどだ。

「あれを使ってしまったのは痛手だが……まあいい。無事アダマンタートルを誘導することはできたみたいだからな。もし逃げられたとしても、村はお終《しま》いだろうな」

テオドルフが村を発展させていると知ったニルスは激怒し、それを破壊する計画を立てた。

彼が選んだ方法はモンスターによる破壊。高価な精神操作系の魔道具を持っていた彼は、それを使い、モンスターを操ることにした。

選ばれたのは北の大地に生息していたアダマンタートル。強いモンスターでありながら精神操作系への耐性が低いことから今回の作戦にはうってつけであった。

ニルスは高い金で工作員を雇い、アダマンタートルを操作することに成功した。

魔道具は使い切りなのでなくなってしまったが、村を破壊できればよいとニルスは考えていた。

「しかしあいつ、どうやってあの状態から村を興したんだ？　気持ちの悪い奴だ」

密偵はさすがに村に近づくことはできなかった。

もしもう少しでも近づいていればフェンリルに捕捉され、捕まっていただろう。

「……まあいい。これであいつの心も折れただろう。もしまだ悪あがきをしようものなら……今度こそ殺してしまっても構わないな」

勝利の美酒に酔うニルス。

すると扉が四回ノックされる。これはニルスが個人的に雇っている者の秘密の合図だ。

「いいぞ、入れ」

入ってきたのは普通の使用人に見える男だった。

しかしその者はニルスの私兵であり、汚れ仕事の窓口になっている男であった。

「ニルス様、報告が……」

「ああ、早く聞かせろ。テオドルフはどうだった？　村はどのように壊滅した？」

ニヤニヤと意地の悪い笑みを浮かべながら尋ねるニルス。

一方男は「いや、その……」と言いよどむ。しびれを切らしたニルスが「早く言え」と急《せ》かすと、男は意を決して口を開く。

「アダマンタートルは……倒されました！」

「はあっ⁉」

ニルスは再び椅子からひっくり返り、頭を床に強打する。

いだっ！　と叫んだニルスはしばらく悶絶《もんぜつ》した後、立ち上がり、男に詰め寄る。

「アダマンタートルが倒されただと⁉　ふざけるな、なぜそうなる！　あれを動かすのにどれだけつぎ込んだと思っている！」

「す、すみません！　私もなにがなんだか……」

男はひとまず密偵から聞いた情報を話す。

一瞬にして城壁ができただの、見たこともない大砲があっただの、巨大なゴーレムや狼が味方をしていただの、信じられない情報がいくつも飛び出てくる。

全てを聞いたニルスはわなわな震えながら叫ぶ。

「ふざけるな！　デタラメばかり言いやがって！　あいつがそんなことできるわけないだろ！」

「ひいっ！」

その鬼気迫る様子に男は怯《おび》える。

ニルスはヒートアップしながら詰め寄り続ける。

「いいか？　あいつは落ちこぼれなんだよ！　女神に見捨てられた無能なんだ！」

「ごめんなさいぃぃっ！　ですがあの村が無事なのは確かな情報なのです！　信じてくださいぃ！」

泣きながら頭を下げる男。

ニルスは湧き上がる怒りを「チッ！」と椅子を蹴り飛ばすことで発散する。しかしそれだけでは長きにわたり蓄積されてきた憎悪《それ》を収めることは到底できなかった。

「……そうか、分かったぞ。あいつレイラに頼んでなんとかしてもらったな？　クソが、自分はなにもせず、人の力だけでなんとかしたんだ。汚《きたね》え無能のヤリそうなことだ……！」

自分は手は汚さず手下に汚いことをやらせているのを棚にあげ、ニルスはテオドルフを批判する。

「これで済むと思うなよテオドルフ。必ず地獄に叩き落としてやるからな……」

瞳にどす黒い感情を滲ませながら、ニルスはそう呟くのだった。

◇◇◇

アダマンタートルを倒した三日後。

ローランさんとアンさんは帰ることになった。もともとは一日だけ泊まって帰る予定だったんだけど、モンスターたちの襲来で滞在が長くなった。

「お世話になりました。準備を整え次第、またお伺いします」

「はい、お待ちしてます」

ローランさんはアダマンタートルの素材を物凄く欲しがっていたけど、手持ちのお金が足りず断念していた。余裕を持って用意していたみたいだけど、地竜と飛竜の素材を買うのに使い果たしてしまったみたいだ。

なので次はたくさんのお金と、足りない物資を持って来てくれるよう約束をした。布系なんかはここらで採れないので持ってきてもらえるのはとても助かる。

「あ、そういえばお聞きしてなかったのですが、こちらの領地の『名前』は決まったのでしょうか？　教えていただけますと契約書を作るのに助かるのですが……」

ローランさんの質問に僕は「あ」と返す。そういえばまだ決まってなかった。

王国ではその領地を持つ貴族の名字が名前になるのが習わしだ。隣のヴィットア領はヴィットア伯爵の持つ領地ということになる。

その習わしに従えば、ここは僕の名字がつくことになるんだけど……そうはいかない。

なぜなら僕の名字フォルレアンは王家の名字。それを領地の名前にしてしまったら、ここが王家の領地に見えてしまう。

だからこの領地には別の名前をつけなくちゃいけない。

そういえばまだ村の名前も付けてないし、どうしよう。

こういうの考えるの苦手なんだよね……。

「ふふっ、悩んでおるようだな」

「え？」

突然空中からすたっと現れたのは、フェンリルのルーナさんだった。

その大きい耳で会話を聞いていたようで、彼女はナチュラルに会話に入ってくる。

「この地の名前であれば、良い案があるぞテオドルフ」

「本当ですか⁉」

「ああ、この地は瘴気に侵される前、とても繁栄していた。各地から名だたる『王』が集まり栄華を誇っていた」

昔を懐かしむようにルーナさんは言う。

その時のここは、どんな感じだったんだろう。僕も見てみたかった。

「やがてこの地は羨望を込め、こう呼ばれるようになった。王の土地『レガリア』。ここを再興するのであれば、これ以上の名はないだろう」

「レガリア領ですか……確かにいいですね！」

死の大地を昔のように復興させるという意味でも、過去の名前を使うのはいいと思う。

僕が案を採用すると、ルーナさんは嬉しそうに笑う。彼女はやっぱりその名前に思い入れがあるんだろうね。

そして最初に作ったこの村の名前は『ルカ村』とした。

これはこの場所にあったという街の名前から拝借した。多くの種族が集うその街はまさに『理想郷《アルカディア》』だったらしく、そこから文字を取ってルカと名付けたらしい。

僕もここを色んな人が住む村にしたいな。

「かしこまりました。それでは領と村の名前は記録させていただきます」

「よろしくお願いします。ところで……アンさんはどちらにいるんですか？」

もう出発する時だというのに、アンさんの姿がなかった。

ローランさんは馬車に乗っているのにどうしたんだろう？

「す、すみませ～ん‼　遅れました‼」

話をしているとアンさんが慌てたように走りながら現れる。

その手にはたくさんの野菜が抱えられている。どうしたんだろう、あれ。

「この馬鹿っ！　なにをしていたんですか！」

「ひぃっ！　ごめんなさい！　今日帰るって言ったら村の人に捕まっちゃって……」

涙目で謝るアンさん。

どうやらあの手に抱えている野菜は、村の人に貰ったものみたいだ。そういえばアンさんは村の人とかなり打ち解けていた。きっと帰ることを惜しまれて捕まってしまったんだろう。

「でももう大丈夫です！　しっかりお別れは済ませてきたんで！」

「はあ……あなたという人は。本当に一人で大丈夫でしょうか……」

「へ？」

ローランさんの言葉にアンさんは首を傾げる。

僕もいったいなんのことだろうと思っていると、ローランさんが僕の方を向いて真剣な表情になる。

「テオドルフ様、実は一つお願いがあるのです」

「え、はい。なんでしょうか」

少し緊張しながらそう尋ねる。

するとローランさんは想像だにしていなかったことを口にする。

「私の後輩を……アンを、このルカ村に置いていただけないでしょうか」

「……えっ⁉」

突然の提案に驚く。

いったいどうして……と尋ねる前にアンさんが大きな声を出す。

「ど、どどどういうことですか先輩っ⁉　私クビですか⁉　そんな、それだけは許してください！　もう遅刻も好き嫌いもしませんから！」

涙目で訴えるアンさん。

確かに彼女は抜けているところがあるけど、それでクビは可哀想《かわいそう》だ。僕もフォローしようとするけど、ローランさんは首を横に振ってそれを否定する。

「クビではありません。あなたには、ここルカ村で店を開いてもらいたいのです」

「え……？」

呆《ほう》けた声を出すアンさん。

ローランさんの提案を聞いた僕は「なるほど」と納得する。ルカ村にはたくさんの現金が入った。となれば店を開いて商売することができるようになる。

僕たちはベスティア商会と懇意にしているから、最初の店は彼らの経営するものであるべきだ。

「アン、正直あなたは商人に向いていません。嘘《うそ》をつくのは下手だし、簡単に騙《だま》される。人がよすぎるのです。それでは他の商人に食い物にされてしまう」

「う……それは、そうかもしれませんが……」

犬の耳をぺたりと下げてしょんぼりするアンさん。

どうやら思い当たるフシがあるみたいだ。

「しかしあなたには、私にはない才能があります。それは『人に好かれる才能』、私ではこの短時間でこの村の人たちとあなたほどの絆《きずな》は育めません」

「先輩……」

確かに素直で愛くるしいアンさんは、村の人とすっかり仲良くなっている。

それは誰にでもできることじゃないだろう。

「あなたであればこの村の人と良好な関係を築き、よき商売ができるでしょう。この大役、務めていただけますか？」

「……分かりました、私やります！　先輩の期待に応えてみせます！」

アンさんは力強く頷く。

するとローランさんは次に僕の方を見る。

「テオドルフ様、アンがこの村に店を開くのを許可していただけないでしょうか？　もちろん店の開店資金等はこちらで負担いたします」

改めてローランさんはそう提案してくる。

僕としてもお店ができるのは大歓迎だ。村の人も喜ぶだろう。

だけど彼が提案したある一点の条件だけは飲めなかった。

「はい、こちらこそお願いいたします。ですが……お店はこちらで用意いたします」

僕はそう言って自動製作《オートクラフト》を発動し、立派な一軒家のお店を作り上げる。

この村で住むなら、アンさんはもう仲間だ。できる限りの支援はして当然だ。

「す、すごい。これが本当に私のお店……⁉」

「はい。足りない物がありましたら言ってくださいね」

「とんでもありません！　私、ずっとこういうお店をやりたかったんです！　お二人の期待に応えられるよう、全力で頑張りますね！」

眩《まぶ》しい笑顔を見せるアンさん。

こうして僕たちの村に、また新しい仲間ができたのだった。

エピローグ　僕たちの新しい生活

「おはようございますテオ様。朝ですよ」

「むにゃ……おはよう、レイラ」

レイラに起こされ、僕は目を覚ます。

自室のカーテンを開くと、朝日が差し込んでくる。うん、今日もいい天気だね。絶好の開拓日和だ。

「今日の予定ってなにかあったっけ？」

「はい。今日は第二区画の住宅を新設する予定です。それが済んだらベスティア商会ルカ村支店で打ち合わせです」

「そうだったね。今日も大忙しだ」

レイラと話しながらリビングに行く。

すると美味《おい》しそうな匂いがほのかに漂ってくる。

「おはようテオくん。ご飯ができてるよ」

そう言って出迎えてくれたのはアイシャさんだ。

最初こそ動きづらそうにしてたけど、もうすっかりメイド服が肌に馴染《なじ》んでいるみたいだ。レイラの教えもあって家事スキルもぐんぐん上がっている。王城でも十分に通用するレベルだと思う。

「うーん、おいしい！」

僕は二人が用意してくれた美味しい朝食に舌鼓を打つ。

料理の腕がいいのはもちろん、食材が新鮮だから最高に美味しい。そういえば東に進むと海もあったね。そっちで魚を釣れるようにするのも楽しいかもしれない。

自動製作《オートクラフト》でいい釣り竿《つざお》とか作れないかな？　今度試してみよう。

「ごちそうさま！　美味しかったよ二人とも。仕事の前に少し村を見回ってくるね」

二人にお礼を言って、僕は家を出る。

ちなみに普段は大きな屋敷《やしき》ではなく最初に作った家を使っている。なんだかこの家の方が落ち着くんだよね。屋敷はお客さんが来た時用になってしまっている。

「おはようございますテオドルフ様！　今日もいい天気ですね！」

「テオドルフ様！　いい野菜が採れたんです！　少し貰《もら》ってくださいませんか？」

「あ、領主様だ！　こんにちは！」

村の中を歩いていると、たくさんの人に話しかけられる。

まだまだこの村に改善の余地はあるけど、みんな楽しそうに暮らしている。最近は建物だけじゃなくて遊具も作る余裕ができてきた。そのおかげで子どもも退屈せず過ごせているみたいだ。

……ちなみに僕も目を盗んで少しだけ遊んでいるのは内緒だ。

「あ、テオ！」

「へ？」

突然声が聞こえたので振り返ると、こっちにアリスが走ってきた。

なんだか急いでいる感じだ。荷物も多めだしどうしたんだろう？

「偶然ねテオ。とっても偶然」

「え、ああ、うん。それはそうだけど、いったいどうしたの？　どこか行くの？」

「そうなのよ。勇者の仕事が入ってモンスターを倒しにいかなくちゃいけなくて……。あ、でもちゃちゃっと終わらせて帰ってくるから安心しなさい！　今回も楽勝に決まってるわ！」

「そうだね、アリスなら絶対大丈夫だよ」

そう言うとアリスは嬉《うれ》しそうに「ひひ♪」と歯を見せて笑う。

村を出ていこうとする彼女を見送ろうとすると、アリスの仲間のサナさんがこちらに走ってくる。

「あ、いたいたお嬢！　愛《いと》しの王子様とお別れの挨拶は済んだかー？」

「ちょ、なに言ってんのよサナ⁉」

「なんだ、恥ずかしがらなくてもいいじゃないか。その為《ため》に早起きしておめかししてたんだろ？」

「いいから黙りなさい！　い、今のは適当ぶっこいてるだけだから信じちゃ駄目だからねテオ！　いーい！　絶対だからね！」

アリスは顔を赤くしながらそう言うと、サナさんを引っ張りながらマルティナさんと去って行く。相変わらず仲が良くてほっこりする。

アリスたちと別れた僕が再び歩き出そうとすると、

「わんっ！」

「わっ⁉　シルク⁉」

突然フェンリルの子ども、シルクに飛びかかられる。

押し倒されて顔を舐《な》め回《まわ》されていると、他のフェンリルたちもやって来てもふもふ地獄に落とされる。しばらく彼らのおもちゃとなった後、僕はようやく解放される。

「まったく……元気なのはいいけど、あんまり他の人にこんなことやっちゃ駄目だよ？」

「「「「「「わんっ！」」」」」」

分かっているのか分かっていないのか分からないけど、フェンリルたちは元気良く返事をする。

「うーん、やっぱり貫禄《かんろく》が足りないのかな？　もっと大きくなったら言うことを聞いてくれるようになるのかな？」

「そんなに気負うことはない。お主は十分上手《うま》くやっておるよ」

振り返るとそこにはルーナさんがいた。

彼女は村の人たちから色々貰っているみたいで、手に野菜をいくつか抱えている。

「確かにまだ規模は小さいが、みな楽しそうに暮らしておる。もちろんフェンリルたちも含めてな。まさかまたこの地で楽しそうに暮らす者たちを見ることができるとは思わなんだ」

「ルーナさん……」

彼女は懐かしむような目で、村の人たちを眺めている。

かつてこの地にはたくさんの人が暮らしていたという。きっとその時の光景を思い出しているんだろうね。

ルーナさんの目には少し寂しさも見える。だから僕はこう言った。

「僕は昔ここがどれだけ栄えていたか知りません。ですけどその時と同じくらいみんなが幸せに暮らせる場所を作れるよう頑張ります。その為にもルーナさんの力も貸していただけると嬉しいです」

その言葉にルーナさんは驚いたように目を丸くした後、心底嬉しそうに笑みを浮かべる。

「ああ、期待しているぞ。我の力であれば喜んでいくらでも貸そう」

まだまだ課題は山積みだし、これからも大変な日は続くと思う。

だけど僕には力を貸してくれる頼れる仲間がたくさんいる。みんなの力を借りればきっとどんな大変なことも乗り越えられるはずだ。

今日も元気に生きているみんなを見ながら、僕はそう確信するのだった。

あとがき

初めまして、作者の熊乃《くまの》げん骨《こつ》です。

まずはここまで読んでくださりありがとうございます！

楽しく読んでいただけましたでしょうか？　楽しんでいただけましたならこの上なく嬉しいです！


私は今まで何作か作品を書いた経験がありますが、領地開拓やスローライフ系のものを書くのは初めてでした。初めは上手く書けるか心配でしたが、テオドルフとレイラのコンビと『自動製作《オートクラフト》』というスキルを思いついたおかげで面白い作品に仕上がったと思います。

今後もこのスキルの面白い使い方を出していく予定ですので、楽しみにしてください！


そしてここで一つ、嬉しい告知をさせていただきます。

講談社様の漫画アプリ『マガポケ』にて本作のコミカライズが連載決定いたしました！

私はすでに最初の方を拝見しておりますが、とても良い作品に仕上がっておりました！　ぜひ漫画版もあわせてお楽しみください！


最後に謝辞を。

イラストを担当してくださった転《くるり》先生、ありがとうございます。

どのキャラもとてもかわいくデザインしていただき、とても嬉しかったです！

そして原稿作業に付き合ってくださった担当編集さんに、校正さんや営業さんといったこの本に関わってくださった皆様。参考のためにプレイしたクラフトゲームに付き合ってくれた友人N氏とT氏。

そしてなにより、ここまで読んでくださった読者の皆様に感謝の言葉を述べ、あとがきを締めさせていただきます。

またお会いできる日を楽しみに待ってます！

Kラノベブックス

追放《ついほう》された転生王子《てんせいおうじ》、『自動製作《オートクラフト》』スキルで領地《りょうち》を爆速《ばくそく》で開拓《かいたく》し最強《さいきょう》の村《むら》を作《つく》ってしまう

～最強《さいきょう》クラフトスキルで始《はじ》める、楽々領地開拓《らくらくりょうちかいたく》スローライフ～

熊乃《くまの》げん骨《こつ》

2024年9月30日第1刷発行

発行者　安永尚人
発行所　株式会社 講談社
〒112-8001　東京都文京区音羽2-12-21
電　話　出版　(03)5395-3715
販売　(03)5395-3608
業務　(03)5395-3603
デザイン　AFTERGLOW
本文データ制作　講談社デジタル製作
印刷所　株式会社KPSプロダクツ
製本所　株式会社フォーネット社

KODANSHA

ISBN978-4-06-535647-0　N.D.C.913　311p　19cm
定価はカバーに表示してあります

ファンレター、
作品のご感想を
お待ちしています。

あて先　〒112-8001　東京都文京区音羽2-12-21
(株) 講談社　ライトノベル出版部 気付
「熊乃げん骨先生」係
「転先生」係

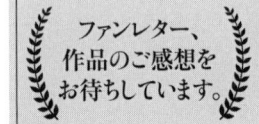

Kラノベブックス

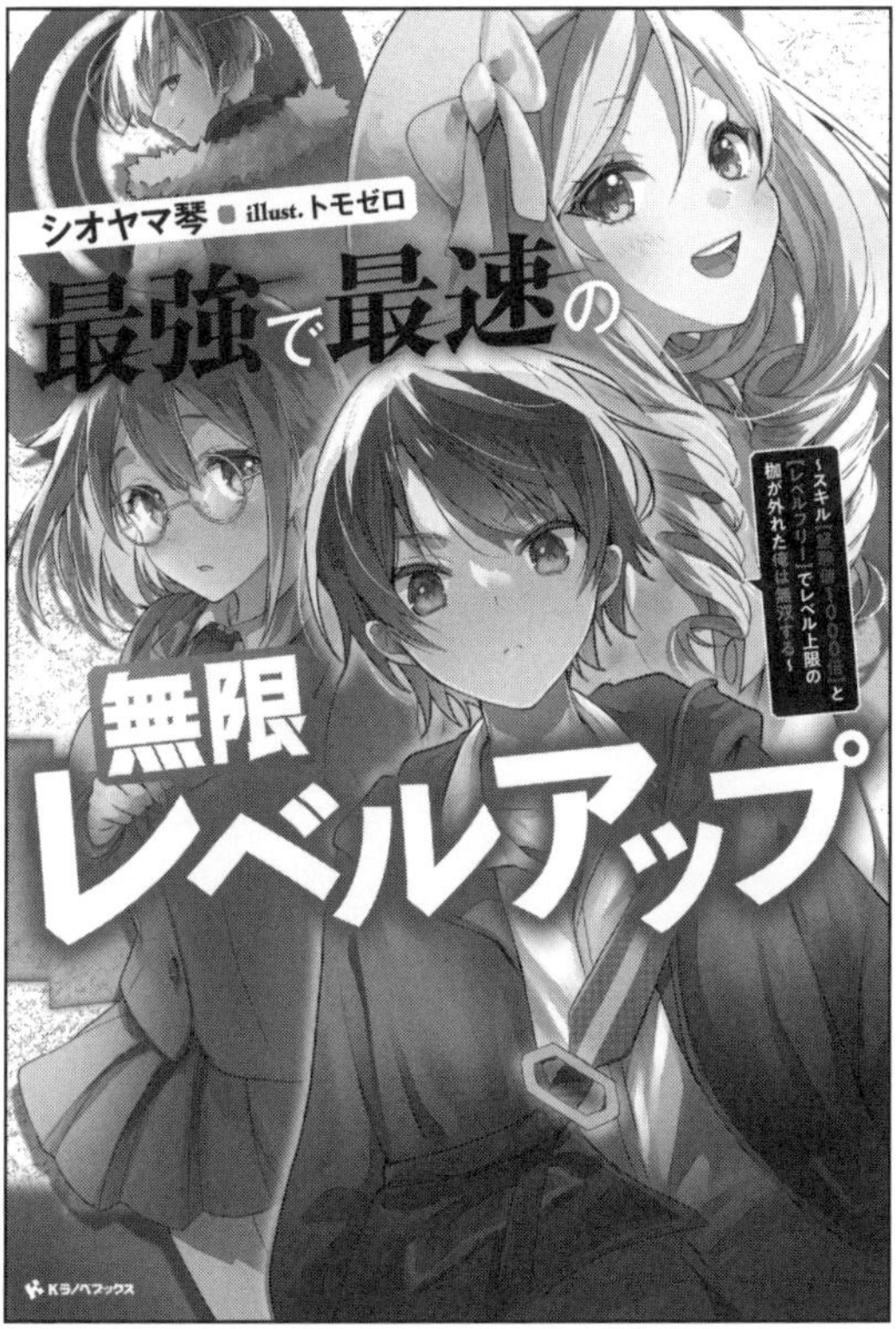

最強で最速の無限レベルアップ1～3

著:シオヤマ琴　イラスト:トモゼロ

世界中に突如、《ダンジョン》が出現し、
強さを表す《レベル》が人間の価値を表す指標と化した新たな時代――。
そんななかで、佐倉真琴は探索者として急速に頭角を現していった。
なぜなら、真琴は二つの超絶スキル――
【レベルフリー】と【経験値1000倍】を所持していたのだから！
最強にして最速で魅せる新たなる青春ダンジョン冒険譚ここに開幕！！

Kラノベブックス

生放送!
TSエルフ姫ちゃんねる

著:ミミ　イラスト:nueco

『TSしてエルフ姫になったから見に来い』

青年が夢に現れたエルフの姫に体を貸すと、なぜかそのエルフ姫の体で目覚めてしまう。その体のまま面白全部で配信を始めると――。

これはエルフ姫になってしまった青年が妙にハイスペックな体とぶっ飛んだ発想でゲームを攻略する配信の物語である。

Kラノベブックス

辺境の薬師、都でSランク冒険者となる
～英雄村の少年がチート薬で無自覚無双～1～2

著:茨木野　イラスト:kakao

辺境の村の薬師・リーフは婚約者に裏切られ、家も仕事も失った。
しかし、魔物に襲われていた貴族のお嬢様・プリシラを助けたことで
彼の運命は大きく変わりだす！
手足の欠損や仮死状態も治す【完全回復薬】、
細胞を即座に破壊し溶かす【致死猛毒】……など
辺境の村にいたため、自分の実力に無自覚だったリーフだが、
治癒神とも呼ばれる師匠から学んだ彼の調剤スキルはまさに規格外だった！
ド田舎の薬師による成り上がり無自覚無双、ここに開幕!!